Le petit mercure

Collection créée par Colline Faure-Poirée
Suivi éditorial par Jean-Michel Décimo

Le (dé)goût de la laideur

Textes réunis et présentés
par Gwenaëlle Aubry

Mercure de France

ISBN 978-2-7152-2774-3

SOMMAIRE

L'EFFROI DU LAID

LA BEAUTÉ DES LAIDS

INTRODUCTION

Comme le faux, comme le mal, la laideur est une valeur négative. Plus encore qu'eux, peut-être, elle résiste au témoignage autant qu'à la réflexion. Elle se donne pourtant dans une expérience banale : visages ingrats, cités mornes, paysages défigurés trament le quotidien, forment l'ordinaire du monde. Mais là où le monstrueux captive le regard, où le sublime stimule la pensée, le laid est ce dont les yeux se détournent, ce dont il n'y a nulle idée. Tout se passe comme si, sous cette expérience banale, une autre affleurait, plus archaïque, plus bouleversante. Quelques textes, rares, en témoignent, qui en disent aussi l'effroi et la fascination mêlés : en la laideur ils manifestent l'envers du corps et du décor, le lieu où les apparences se dissolvent, ce qui sourd derrière les visages familiers, les jardins glorieux, les chairs apprêtées, ce qui menace de l'autre côté des miroirs. L'expérience de la laideur se donne alors comme une révélation ontologique : ce qui affleure à travers elle, c'est la *dark side* du réel, le chaos premier, la matière originelle, la profusion dionysiaque, dont on se défend mais où l'on peut aussi, du plus profond, désirer se défaire.

Cette puissance de fascination s'incarne en Méduse. Si ses premières représentations sont celles, frontales, d'un monstre, l'âge classique la figure de profil, comme une femme d'une grande beauté. Car les Grecs, qui dans la crase du *kalos kagathos* ont dit l'unité de la belle apparence et de la beauté morale, ont façonné, aussi, de multiples figures de la laideur : les figures infernales de Méduse ou des Grées, celles, grotesques, des satyres, des silènes, mais encore Thersite, le bouffon homérique, ou Socrate... En Socrate, l'expérience de la laideur s'inverse : elle n'est plus la révélation de l'immonde, du royaume nocturne des têtes d'ombre, de l'en deçà de la forme, mais de son au-delà. C'est cette étrange inversion que l'on peut suivre au fil des grandes figures, philosophiques, légendaires, littéraires, de laids et de laides. Un homme laid, s'il est vivant, sera toujours plus beau que la plus belle des statues, écrit Plotin : et le pouvoir de séduction de la Vellini de Barbey, de la Bérénice d'Aragon, des laides stendhaliennes, tient précisément à ce jeu, en elles, de la vie, du mouvement, du souvenir et de la passion, plus gracieux et plus captivant que l'immobile perfection de la forme.

C'est peut-être ce jeu aussi qui, de la laideur, fait pour l'art un défi. Le laid, alors, n'est plus le contraire du beau, mais le moyen d'une autre beauté. Il est ce qui contrarie le conformisme du bon goût, la joliesse vide, l'académisme figé, et ces beautés banales qui, pour ne rien exprimer d'autre que des canons arbitraires et des conventions stériles, passent du côté du kitsch, finissent elles-mêmes par devenir laides. Accueillir la laideur, la recueillir, c'est alors faire place à la totalité du réel, à ses menaces et à ses grimaces, aux proies et aux écorchés, aux charognes et aux spectres. Ne se détourner d'aucune existence, telle est, selon Rilke, la grâce de l'artiste. Et l'art affirme par-là la puissance qui lui est propre, son pouvoir de transfiguration et d'invention de formes nouvelles – jusqu'au refus de la figure, jusqu'à la substitution, à la forme, de la force. La tentation du réalisme, du pur redoublement par l'art de la violence qui l'a engendré et qu'il dénonce, se dépasse alors en l'exercice d'une autre violence : celle que l'œuvre exerce sur le réel qu'elle transforme. Sont réussies, écrit Adorno, « les œuvres qui sauvent quelque chose de l'amorphe auquel elles font inévitablement violence, en le faisant passer dans la forme qui – en s'arrachant à cette réalité – se rend coupable de cette violence ». Ce geste est celui de Persée, victorieux de Méduse grâce à son image reflétée. Le travail de la laideur se confond alors avec la genèse de la beauté comme « sortilège ensorcelé ».

Gwenaëlle AUBRY

L'EFFROI DU LAID

ROGER CAILLOIS

L'enfer de la nature

Écrivain et anthropologue, Roger Caillois (1913-1978) construit dans son Esthétique généralisée *une théorie de l'art moderne, et notamment de l'art brut, en même temps qu'une philosophie de la nature. Pour Caillois, la nature seule est créatrice de beauté. L'art n'en constitue qu'un cas particulier qui, à la production spontanée des formes, ajoute l'intention, et avec elle la possibilité de l'échec et du laid. Que la nature soit exempte de laideur n'empêche pas qu'elle puisse susciter une sorte d'horreur sacrée.*

J'admire autant qu'il faut les miracles de la nature. Je me souviens d'en avoir vu qui sont propres à confondre l'esprit. Je les évoque aisément. Ils viennent d'eux-mêmes me tenter, m'emplissant d'une secrète et coupable nostalgie. Et devant eux, voici que j'éprouve à nouveau l'émerveillement et le recul de la première rencontre. Tout m'est restitué présent et neuf. [...]

C'est trop de bonheur. De quel triste prix le fallut-il payer ? Je m'inquiète. Quelque piège sans doute est ouvert sous une adorable apparence. Chaque palme conseille une trahison. Elle dissimule de son élégance l'abîme trouble d'où elle sort : la fermentation et la vase des marais qui poussent, au-dessus d'un monde nauséeux, des calices rutilants.

[...]

Ces lumières, ces velours, qui flattent si bien les sens, lui présentent en réalité l'épouvantable image de la fécondité triomphante, embellie, enivrée par le surcroît vainqueur de ses forces fertiles. C'est l'horreur de la vie faisant et défaisant à l'aise ses monstres et ses miracles. Elle extrait souvent de réserves croupissantes la pompe et la délicatesse, la grâce et l'opulence, mais pour les rebrasser sur-le-champ dans la fange qui les enfanta et dont elles furent la plus passagère des métamorphoses. Certes nul travail ne réussit de telles merveilles. Il faut pour les produire un tout-puissant décret. Une magie immédiate les sort d'un coup du limon, et, elles aussi, comme les chefs-d'œuvre subits, sont achevées sans avoir coûté peine ni souci, impeccables sans qu'aucune ébauche décevante ait permis et précédé leur perfection.

Aussitôt complètes, aussitôt éclatantes, issues d'un luxe de pouvoirs et plus vite disparues qu'elles sont nées, ces fleurs sont mal détachées, dans leur brève saison, de leurs racines immondes. Elles appartiennent, comme elles, au bourbier où toutes les énergies se pressent sans jamais se définir, meurent et prolifèrent en un grouillement affreux qui ne connaît jamais discipline ni dessein. On imagine que là rampent, si d'aventure il réussit à s'en former, des êtres élémentaires qui sont tout sexe et tout cloaque. On ne discerne pas le mâle de la femelle, la panse de l'aliment; et l'on sépare avec difficulté les accouplements où se confondent ces hermaphrodites, de leurs digestions où l'estomac et la nourriture paraissent se dissoudre mutuellement. Tout prospère et se multiplie dans une débauche de vie précipitée qui n'atteint pas à produire une existence distincte et durable. Ce monde ne connaît ni l'ordre ni l'indépendance. Les larves qui s'y meuvent, astreintes à la même impitoyable et tumultueuse anarchie, n'apparaissent que pour se répandre hors de leur sac. Elles restent éternellement en deçà de la forme et du nom, et jamais une âme ne confirme ou ne fixe leur enveloppe fugitive. Quel crédit accorder aux prodiges qu'une aveugle sorcellerie suscite de cet enfer ?

Vocabulaire esthétique

Dans le *Vocabulaire esthétique*, l'émerveillement face à la fécondité de la Nature, à cette profusion de formes qui, selon l'intuition de Nietzsche, fait du monde une œuvre d'art en perpétuel engendrement, s'inverse en effroi. Fleurs et palmes, calices et parures végétales sont, en vérité, des fleurs du mal. Cette sorcellerie est celle du cycle insensé de la génération et de la corruption, de la puissance aveugle, sans ordre ni dessein, de la vie, qui ne crée et ne façonne que pour détruire et défaire. Horreur sacrée, fascination dionysiaque, aussi, pour cette force brute, pour les énergies élémentaires de la sexualité qui toujours menacent l'ordre serein, apollinien de la forme. Rien n'est laid dans la nature, affirme Caillois. Dans ces pages vénéneuses et éclatantes se dessine pourtant l'une des figures du laid : celle du chaos primitif, de la matière originelle, d'où sourd toute forme, où toute forme se dissout.

YVES BONNEFOY

Goya, ou l'envers du monde

« Goya semble avoir eu pour seul but le laid, comme Raphaël aspirait au beau », écrivait, en 1879, le critique d'art P.G. Hamerton. Dans l'essai récent qu'il lui a consacré, Yves Bonnefoy n'aborde pas Goya en critique ou en historien : « Il ne faut pas décrire un grand peintre [...] mais lui parler » – s'approcher au plus près de son intériorité, de l'expérience singulière dont naissent à la fois son art et sa pensée : celle de l'artiste qui n'en porte pas moins une proposition sur ce qui est vrai, et sur ce qui vaut.

Je prendrai l'exemple de celle des peintures de la Quinta del Sordo qui passe pour une évocation de Saturne dévorant un de ses enfants, et référerait donc à un mythe. Il y a là du dessin, à l'évidence, on peut même dire que dans cet espace où la couleur se réduit à une tache de rouge l'essentiel s'exprime par le dessin. Mais combien celui-ci est-il différent de ce qu'il avait été dans les siècles d'avant Goya et même chez celui-ci jusqu'alors ! De ce « Saturne », de ce géant en tout cas, surgi d'on ne sait quel abîme, qu'est-ce qui a été vu, qu'est-ce qui est retenu ? Rien de ces aspects physiques, anatomiques, que les artistes se donnent d'habitude la tâche d'observer, leur projet n'étant que la mimésis ou ses variantes plus ou moins libres. Ce dessin d'à présent ne recense pas de traits caractéristiques. Goya s'est identifié à la proie qui voit surgir devant elle le prédateur, et sa main, libre de s'emplir de sa peur autant que prompte à le faire, peut s'abandonner tout entière aux seules perceptions dont une proie reste capable sous la menace. D'où ce que jamais, ou presque, on n'avait vu dans une peinture. Un corps prenant conscience de la voracité qui l'agresse, un œil terrorisé relevant en hâte ce qui pourrait l'aider à échapper au péril, voici que la main n'a plus rien à vivre que l'en deçà des significations, même l'en deçà du langage, et exprime cet immédiat.

Tel est le sens, en effet, le reste de sens, qui se présente dans le *Saturne*. A surgi ce qui est par-dessous le langage et sa pensée, par-dessous leur monde et ses illusions, et cet en dessous, ce n'est donc que cela, c'est la prédation, le bond pour dévorer ou pour fuir, ou pour fuir en dévorant, la vie mais qui n'a pour besoin et pour acte que de détruire la vie : regards exorbités mais qui ne savent que la faim sans terme ni joie, et du côté de la conscience victime derniers sursauts d'yeux traqués ne rencontrant dans des impressions sans durée que la nuit totale de tout. Le dessin a rejoint le néant, non pour le penser, en philosophe, mais en l'éprouvant, en sa chair, en sa mort déjà : encore que l'exterminateur, pour l'instant, soit dans le *Saturne* occupé, distrait. Il dévore, ce qui laisse à sa prochaine victime un répit dont Goya a fait la brève occasion de cet extraordinaire aperçu.

[...]

Le dessin, dans le *Saturne* ou *la Fête de San Isidro*, a détissé le travail qui fait la pensée jusqu'aux abords de l'infra-conscience. Il s'est porté au-devant d'un fond qui, débouchant de par en dessous les formes toujours précipitamment dressées devant lui, n'a rien à signifier, rien à promettre, que l'empoignement réciproque et désespéré des proies et des prédateurs.

Goya, les peintures noires

Il est, selon Bonnefoy, deux sortes de dessin : un dessin du grand rêve, et un dessin des hauts-fonds, un dessin de la surface, du miroitement de la vie et des sens, et un autre qui va à l'invisible, défait l'apparence pour atteindre l'être. C'est dans ce lieu-là que se tient Goya, c'est de lui que les peintures noires portent « l'image optique ». Ce qu'elles donnent à voir, c'est la « *dark side* » du réel, « la nuit du monde, là où le langage a cessé de farder la réalité et de rassurer l'être humain ». Ce qui à travers elles remonte en une « haute vague d'absence », c'est le fond originel, archaïque de la réalité humaine, les « pulsions les plus opaques du corps », « ses voracités les plus brutes ». « Une épiphanie du non-sens », telle peut être définie la peinture de Goya. Mais si nul avant lui ne s'est ainsi résolu à « faire le négatif », c'est qu'une autre expérience lui a permis d'en traverser le vertige : l'expérience de la compassion, « le seul réel dans un univers où tout est illusoire sauf la douleur ».

Peu importe, dès lors, que ces figures soient « de l'abominable », qu'elles relèguent les visions de Bosch « au nombre des simples diableries ». L'essentiel n'est pas là. Ce qui compte, c'est ce que la laideur porte de révélation ontologique, ce qu'elle dévoile de l'envers du monde. Mais c'est aussi que cette laideur serait bien plus grande, et plus désespérante, si nul n'était là pour en porter témoignage, pour entendre les hurlements des fous, les cris d'effroi, pour dire (peindre, ou écrire) « J'ai vu », et faire par là que d'autres voient.

J.-K. HUYSMANS

Degas, ou la déchéance de la femme

Nulle compassion, cette fois, dans cette description d'une série de nus de Degas. De ses danseuses, déjà, Huysmans ne louait pas la grâce de fleurs séchées, d'un corps absous par le rythme et le mouvement, mais les « dislocations de clown », la vérité organique. C'est de cette même vérité, celle d'une chair en lutte chaque jour contre sa décomposition, saisie dans l'humiliation de ses « travaux d'entretien », dépouillée de toute gloire et de tout attrait, qu'il fait ici l'éloge paradoxal.

Artiste puissant et isolé, sans précédents avérés, sans lignée qui vaille, M. Degas suscite encore dans chacun de ses tableaux la sensation de l'étrange exact, de l'invu si juste qu'on se surprend d'être étonné, qu'on s'en veut presque ; son œuvre appartient au réalisme, tel que ne pouvait le comprendre la brute que fut Courbet, mais tel que le conçurent certains des Primitifs, c'est-à-dire à un art exprimant une surgie expansive ou abrégée d'âme, dans des corps vivants, en parfait accord avec leurs alentours.

C'était une série de pastels ainsi notifiés dans le catalogue : « Suite de nus de femmes se baignant, se lavant, se séchant, s'essuyant ou se faisant peigner. »

M. Degas qui, dans d'admirables tableaux de danseuses, avait déjà si implacablement rendu la déchéance de la mercenaire abêtie par de mécaniques ébats et de monotones sauts, apportait, cette fois, avec ses études de nus, une attentive cruauté, une patiente haine.

Il semblait qu'excédé par la bassesse de ses voisinages, il eût voulu user de représailles et jeter à la face de son siècle le plus excessif outrage, en culbutant l'idole constamment ménagée, la femme, qu'il avilit lorsqu'il la représente, en plein tub, dans les humiliantes poses des soins intimes.

Et afin de mieux récapituler ses rebuts, il la choisit, grasse, bedonnante et courte, c'est-à-dire noyant la grâce des contours sous le roulis tubuleux des peaux, perdant, au point de vue plastique, toute tenue, toute ligne, devenant dans la vie, à quelque classe de la société qu'elle appartienne, une charcutière, une bouchère, une créature, en un mot, dont la vulgarité de la taille et l'épaisseur des traits suggèrent la continence et décident l'horreur !

Ici, c'est une rousse, boulotte et farcie, courbant l'échine, faisant poindre l'os du sacrum sur les rondeurs tendues des fesses ; elle se rompt, à vouloir ramener le bras derrière l'épaule afin de presser l'éponge qui dégouline sur le rachis et clapote le long des reins ; là, c'est une blonde, ramassée, trapue et debout, nous tournant également le dos ; celle-là a terminé ses travaux d'entretien et, s'appuyant les mains sur la croupe, elle s'étire dans un mouvement plutôt masculin d'homme qui se chauffe devant une cheminée, en relevant les pans de sa jaquette ; là encore, c'est une dondon accroupie ; elle penche tout d'un côté, se soulève sur une jambe, passe en dessous le bras, s'atteint dans le cuveau de zinc ; une dernière enfin, vue, cette fois, de face, s'essuie le haut du ventre.

Telles sont, brièvement citées, les impitoyables poses que cet iconoclaste assigne à l'être que d'inanes galanteries encensent. Il y a, dans ces pastels, du moignon d'estropié, de la gorge de sabouleuse, du dandillement de cul-de-jatte, toute une série d'attitudes inhérentes à la femme même jeune et jolie, adorable couchée ou debout, grenouillarde et simiesque, alors qu'elle doit comme celle-ci, se baisser, afin de masquer ses déchets par ces pansages.

L'Art moderne/Certains

Marc Aurèle, dans ses *Pensées*, prône, parmi d'autres exercices spirituels, une sorte de discipline de la laideur, qui engage à porter sur la réalité un regard cru, nu, dépassionné : à ne voir dans la pourpre que du poil frotté de sang, dans les mets recherchés que des cadavres, dans le marbre qu'une concrétion de terre, dans l'étreinte qu'un frottement de ventres… « Comme t'apparaît ton bain : de l'huile, de la sueur, de la crasse, de l'eau gluante, toutes ces choses répugnantes, telle est chaque partie de la vie, tel est tout objet » (VIII, 24) Mais ce regard-là, pour Marc Aurèle, ne fait que préluder à un autre, capable, au sein même de la laideur, de discerner la beauté, et ultimement d'acquiescer au monde tel qu'il est. Rien de tel chez Huysmans. On songe plutôt, le lisant, à une nouvelle de Swift, « Le cabinet de toilette d'une dame » (1760), minutieux inventaire du contenu d'une chaise percée… Il s'agit là encore de reconnaître la nature sous l'artifice, la bête sous la femme, l'immondice sous la gloire des corps. De l'art, cependant, Huysmans maintient et clame le pouvoir de transfiguration : par-delà les déchets, et la déchéance, il enseigne à voir, aussi, la « suprême beauté » des chairs peintes, sauvées par la couleur et la lumière.

FRANCIS BACON

Figure et déformation

Comme Huysmans, Bacon fait l'éloge de Degas : dans « Après le bain », le corps se révèle en sa vérité comme chair, comme viande. Un modèle pictural s'en déduit où, déformée, soustraite à l'histoire comme à l'illustration, la Figure agit directement sur les nerfs. Tel est le projet de Bacon : « renvoyer le fait sur le système nerveux selon un mode plus violent ».

Nous sommes de la viande, nous sommes des carcasses en puissance. Si je vais chez un boucher, je trouve toujours surprenant de ne pas être là, à la place de l'animal. Mais traiter de cette façon particulière la viande est peut-être comme la façon dont on pourrait traiter la colonne vertébrale, puisque nous voyons tout le temps des images du corps humain dans des radiographies et que cela change manifestement les façons dont on peut traiter le corps. Vous devez connaître le beau pastel de Degas de la National Gallery représentant une femme qui s'éponge le dos. Et vous découvrirez, tout en haut de la colonne vertébrale, que celle-ci arrive presque à passer hors de la peau. Et cela l'empoigne et la tord à tel point que vous êtes plus conscient de la vulnérabilité du reste du corps que si Degas avait dessiné la colonne vertébrale montant naturellement jusqu'au cou. Il la brise de telle sorte que cette chose a l'air de sortir de la chair.

[...]

J'ai toujours espéré exprimer les choses aussi directement et crûment qu'il m'était possible, et peut-être que, si une chose est transmise directement, les gens sentent cela comme horrifiant. Parce que, si vous dites très directement quelque chose à quelqu'un, il s'en offense parfois, bien que ce soit un simple fait. Car les gens ont tendance à s'offenser des faits, ou de ce qu'on a l'habitude d'appeler vérité.

[...]

Vous pourriez dire qu'un cri est une image d'horreur ; en fait, j'ai voulu peindre le cri plus que l'horreur. Je pense que, si j'avais réellement songé à ce qui fait que quelqu'un crie, le cri que j'ai essayé de peindre aurait été plus réussi. Parce qu'en un sens j'aurais été plus conscient de l'horreur qui produisait le cri. [...] J'aime, pourrait-on dire, le luisant et la couleur qui viennent de la bouche et j'ai toujours espéré, en un sens, être capable de peindre la bouche comme Monet peignait un coucher de soleil. [...] Et j'ai toujours voulu – sans jamais réussir – peindre le sourire.

L'Art de l'impossible. Entretiens avec David Sylvester.
Préface de Michel Leiris, traduit de l'anglais
par Michel Leiris et Michael Peppiatt

Dans son *Francis Bacon, Logique de la sensation*, Gilles Deleuze a des pages magnifiques sur ce texte. Ce que la peinture de Bacon donne à voir, c'est, dit-il, le corps qui tente de s'échapper à lui-même et qui, dans ce spasme, se défait et se tend entre la chair et les os. C'est cela, la viande : de la chair qui « *descend* des os, tandis que les os s'élèvent de la chair ». Ces os, que révèle aussi le pastel de Degas, sont « comme les agrès (carcasse) dont la chair est l'acrobate ». Dans les crucifixions, déjà, c'est ce mouvement de descente, tête en bas, qui intéresse Bacon. « Le peintre est boucher », poursuit Deleuze, « mais il est dans cette boucherie comme dans une église, avec la viande pour Crucifié ». Le peintre est boucher, mais il est aussi la carcasse suspendue aux crochets. Car « la viande n'est pas une chair morte, elle a gardé toutes les souffrances et pris sur soi toutes les couleurs de la chair vive ». Objet d'horreur, elle l'est aussi, et plus encore, de pitié. Par la compassion, Bacon rejoint, et donne à rejoindre, une « zone d'indiscernabilité » où homme et animal s'identifient dans la souffrance. Surgies de leur propre chair, ses Figures agissent sur les nerfs, qui sont aussi de la chair. La Figure, écrit Deleuze, c'est « la forme sensible rapportée à la sensation ». Mais la sensation n'est pas le sensationnel : elle court-circuite l'histoire, le drame, la représentation. Voilà pourquoi Bacon veut « peindre le cri plus que l'horreur ». La sensation est « maîtresse de déformations », elle peut engendrer des monstres, du mauvais goût, du laid. Mais ce qu'elle dit aussi, c'est que le problème de l'art n'est pas de reproduire ou d'inventer des formes, mais de capter des forces.

HENRI MICHAUX

Les visages-fantômes (l'envers du moi)

En Michaux, Bacon voyait le plus grand tachiste, supérieur encore à Jackson Pollock. Ce que libèrent ses taches noires, ce ne sont pas des visages, des masques composés de traits : c'est une profondeur remontée à la surface, un affleurement de l'intérieur – la foule des doubles que le moi recèle et dissimule.

Dessinez sans intention particulière, griffonnez machinalement, il apparaît presque toujours sur le papier des visages.

Menant une excessive vie faciale, on est aussi dans une perpétuelle fièvre de visages.

Dès que je prends un crayon, un pinceau, il m'en vient sur le papier l'un après l'autre dix, quinze, vingt. Et sauvages la plupart.

Est-ce moi, tous ces visages ? Sont-ce d'autres ? De quels fonds venus ?

Ne seraient-ils pas simplement la conscience de ma propre tête réfléchissante ? (Grimaces d'un visage second, de même que l'homme adulte qui souffre a cessé par pudeur de pleurer dans le malheur pour être plus souffrant dans le fond, de même il aurait cessé de grimacer pour devenir intérieurement plus grimaçant.) Derrière le visage aux traits immobiles, déserté, devenu simple masque, un autre visage supérieurement mobile bouillonne, se contracte, mijote dans un insupportable paroxysme. Derrière les traits figés, cherchant désespérément une issue, les expressions comme une bande de chiens hurleurs…

Du pinceau et tant bien que mal, en taches noires, voilà qu'ils s'écoulent : ils se libèrent.

On est surpris, les premières fois.

Faces de perdus, de criminels parfois, ni connues ni absolument étrangères non plus (étrange, lointaine correspondance !)… Visages des personnalités sacrifiées, des « moi » que la vie, la volonté, l'ambition, le goût de la rectitude et de la cohérence étouffa, tua. Visages qui reparaîtront jusqu'à la fin (c'est si dur d'étouffer, de noyer définitivement).

Visages de l'enfance, des peurs de l'enfance dont on a perdu plus la trame et l'objet que le souvenir, visages qui ne croient pas que tout a été réglé par le passage à l'âge adulte, qui craignent encore l'affreux retour.

[…]

Foule infinie : notre clan.

Ce n'est pas dans la glace qu'il faut se considérer. Hommes, regardez-vous dans le papier.

Passages (1937-1963)

« Si […] j'aimais les Ismes, écrit plus loin Michaux, je lancerais bien une école de peinture : le FANTOMISME (ou le "psychologisme") » : un art de peindre le fantôme intérieur, « les traits du double (qui n'a pas nécessairement besoin de narines et peut avoir une trame d'yeux) », cet « être fluidique » qui est l'éphémère condensation d'un état intérieur instantané. Bien moins le visage que son effet obscur, sensible aux nerfs avant de l'être au regard. L'âme, si l'on veut, mais aussi les enfers, les prisons, et les bestiaires intérieurs. « On trouvera que j'ai peint surtout des âmes de monstres », avoue Michaux ; mais c'est que, « hors du visage périphérique », il s'agit de faire le portrait des tempéraments et de « ces parcours bizarres appelés sentiments » : faire voir l'amour, « le désespoir, le vrai, pas le désespoir-mazette des Narcisse », la haine architecturale, la naissante antipathie, et « sur quelles assises siège la bonté ou si c'est sur de fondantes gommes », et la colère, et la volupté. « Surtout, on verra la sainteté. Pourvu qu'on nous la laisse voir ! Qui ne voudrait devenir saint ensuite, après avoir contemplé l'être intérieur dans son éblouissement. »

PASCAL QUIGNARD

L'anatomie (l'envers du corps)

En 1535, Clément Marot composa une courte pièce en vers, le Beau Tetin. *Avant lui, l'*Anthologie grecque, *la poésie courtoise, le* strambotto *italien, avaient déjà, fragment par fragment, dépecé et décrit le corps féminin. Mais le blason de Marot suscita, dans les cours de Ferrare, de France et de Navarre, une surprenante émulation. Maurice Scève à son tour, d'autres encore, entreprirent de « blasonner ». Prenant à rebours la mode qu'il avait lancée, Marot, quelques mois plus tard, composa le* Laid Tetin. *Ce contre-blason anatomique ne rencontra aucun succès.*

Nous désirons des morceaux de corps. Nous passons notre enfance à morceler et à assembler des parties de corps qui ne sont ni réelles ni imaginaires. Nous les absorbons, les détruisons, les projetons, les échangeons, les expulsons. Il semble que nos têtes soient dominées par le simulacre d'un sexe d'homme qui est tranché.

Nous cherchons tous passionnément à restaurer en nous une sorte de corps complet, beau, intègre, solide, désirable, – et qui soit à peu près sûr. Le sentiment que nous avons du fonctionnement et de la continuelle présence de notre corps nous laisse peu de confiance en lui. Il est le traître, en nous. L'intérieur de notre corps, notre apparence, notre visage nous rendent extrêmement soucieux, à l'instar de notre mort, de notre naissance – qui ni l'une ni l'autre n'en sont à vrai dire les dates extrêmes. Nous avons une conscience perplexe, contentieuse, compliquée, peu contemporaine, et de toute façon inévitablement partiale, aveugle, de notre corps. Nous aboutons comme nous pouvons des organes séparés, des souvenirs, des répugnances, des fascinations. Tout se divise dans le corps. Une bouche tète un sein. Une main en l'air fait signe d'au revoir. Un pouce sucé. Des envies au terme des doigts, qui entourent l'ongle, et que l'on ronge. Toute une tête accompagnée d'une épaisse chevelure s'incline et dit oui. Des jambes cèdent tout à coup. Une bouche vomit. Je lève la tête, je refrène un cri, je vois au-dessus de moi deux yeux, qui sont symétriques, et qui sont luisants.

[...]

De l'enfance à la mort nous ne cessons d'explorer à l'aveuglette une sorte de corps qui nous contient sans doute mais aussi qui nous ravit à nous-mêmes. Nous ne le possédons jamais. Nous ne le comprenons jamais. Il nous apporte la douleur. Il est la prison de solitude. Il est la cause et l'espace de la mort. Il nous entrave, se recroqueville, cesse de nous obéir, nous échange définitivement à sa masse inerte dans l'agonie. Quelque effort que nous ayons fait, nous n'avons jamais pu lire sur sa peau, dans sa partie la plus recelée et la plus recouverte, sur son visage, son secret.

L'anatomie est en quelque sorte le sort qu'en naissant la vie nous a jeté. Les maladies ne sont que des parties du corps qui prennent tout à coup le pas sur toutes autres, et qui nous subjuguent et nous plongent dans une extraordinaire anxiété. Nous « blasonnons » alors dans la peur et jusqu'à la hantise. Quoi que nous acceptions de dire, auprès de notre corps nous sommes à l'égal d'une mère incroyable : qui écouterait, qui soignerait, et qui choierait. Nous geignons après elle.

Des morceaux de membres partout, des déchets, des fragments de peau partout et des cicatrices partout qui les suturent mais qui brusquement, on ne sait pourquoi, saignent un peu, comme la lance du conte, ou qui brusquement s'irritent et purulent, tels des souvenirs violents qui reviennent à l'improviste et gagnent et empourprent en un instant la face. Nous songeons soudain que la seule unité d'un corps, ce n'est que le nom qui le nomme. Seul ce peu de son murmuré dans l'air parvient à faire se retourner un corps. Ce nom, inscrit parfois sur la pierre tombale, est le seul résidu d'un corps. Il est l'impossible et vain blason d'un corps.

Postface à *Blasons anatomiques du corps humain*

Un très ancien mythe orphique raconte que Dionysos, l'enfant royal, fils de Zeus et de Sémélè, fut démembré par les Titans alors qu'il jouait avec un miroir dont Héra lui avait fait don. L'homme est fait des cendres des Titans mêlées à l'étincelle divine de l'enfant démembré. Ce qu'enseigne ce mythe est ce que disent aussi les blasons : nous n'avons pas *un* corps mais des morceaux de corps. L'anatomie qui dissèque, et fragmente, et dépèce est, du corps, la vérité. Notre corps n'est jamais nôtre parce qu'il est plusieurs, parce qu'il est pluriel, juxtaposition de parties que rien ne peut unifier. La jouissance comme la douleur, le fétichisme érotique comme la torture ou la maladie, en prélevant, sectionnant, ou irradiant telle de ses parties, font refluer en elle l'impossible totalité. C'est aux miroirs que nous demandons de nous rendre notre corps, de le recomposer. Le malheur de Narcisse n'est pas de s'être trop aimé lui-même, mais de ne pas s'être reconnu dans son reflet, de n'avoir pas vu en lui son ombre projetée. C'est dans les miroirs, eaux stagnantes, surfaces réfléchissantes, apparence et regard d'autrui, que nous cherchons un je qui ne soit pas un autre et que, le cherchant, nous le perdons plus encore.

GEORGES BATAILLE

La profanation de la beauté

Ce n'est pas un hasard, explique, dans son Traité sur le sublime, *le Pseudo-Longin, si la nature n'a pas placé sur notre front « les parties qu'on ne peut décemment nommer » : c'est parce qu'elle aime le sublime qu'elle « a caché ces égouts, qu'elle les a détournés le plus loin possible afin de n'avilir d'aucune façon la beauté de l'ensemble de la création ». Rien de plus beau, affirme Freud à l'inverse, que le sexe masculin en érection : Aphrodite, déesse de l'amour et de la beauté, n'est-elle pas née du membre tranché d'Ouranos ? Bataille, lui, dévoile la liaison intime, dans la sexualité, de la laideur et de la beauté.*

Il y a dans la recherche de la beauté en même temps qu'un effort pour accéder, au-delà d'une rupture, à la continuité, un effort pour y échapper. Jamais cet effort ambigu ne cesse de l'être.

Mais son ambiguïté résume, elle reprend le mouvement de l'érotisme.

La multiplication dérange un état de simplicité de l'être, un excès renverse les limites, aboutit de quelque manière au débordement.

Toujours une limite est donnée à laquelle s'accorde l'être. Il identifie cette limite à ce qu'il est. L'horreur le prend à la pensée que cette limite peut cesser d'être.

Mais nous nous trompons prenant au sérieux la limite et l'accord que l'être lui donne. La limite n'est donnée que pour être excédée. La peur (l'horreur) n'indique pas la décision véritable. Elle incite au contraire, en contrecoup, à franchir les limites.

Si nous l'éprouvons, nous le savons, il s'agit de répondre à la volonté inscrite en nous d'excéder les limites. Nous voulons les excéder et l'horreur éprouvée signifie l'excès auquel nous devons parvenir, auquel, s'il n'était l'horreur préalable, nous n'aurions pu parvenir.

Si la beauté, dont l'achèvement rejette l'animalité, est passionnément désirée, c'est qu'en elle la possession introduit la souillure animale. Elle est désirée pour la salir. Non pour elle-même, mais pour la joie goûtée dans la certitude de la profaner.

Dans le sacrifice, la victime était choisie de telle manière que sa perfection achevât de rendre sensible la brutalité de la mort. La beauté humaine, dans l'union des corps, introduit l'opposition de l'humanité la plus pure et de l'animalité hideuse des organes. Du paradoxe de la laideur opposée dans l'érotisme à la beauté, les *Carnets* de Léonard de Vinci donnent cette expression saisissante : « L'acte d'accouplement et les membres dont il se sert sont d'une telle laideur que s'il n'y avait la beauté des visages, les ornements des participants et l'élan effréné, la nature perdrait l'espèce humaine. » Léonard ne voit pas que l'attrait d'un beau visage ou d'un beau vêtement joue dans la mesure où ce beau visage annonce ce que le vêtement dissimule. Ce dont il s'agit est de profaner ce visage, sa beauté. De le profaner d'abord en révélant les parties secrètes d'une femme, puis en y plaçant l'organe viril. Personne ne doute de la laideur de l'acte sexuel. De même que la mort dans le sacrifice, la laideur de l'accouplement met dans l'angoisse. Mais plus grande est l'angoisse – à la mesure de la force des partenaires – et plus forte est la conscience d'excéder les limites, qui décide un transport de joie. Que les situations varient selon les goûts, et les habitudes, ne peut faire que généralement la beauté (l'humanité) d'une femme ne concoure à rendre sensible – et choquante – l'animalité de l'acte sexuel. Rien de plus déprimant, pour un homme, que la laideur d'une femme, sur laquelle la laideur des organes ou de l'acte ne ressort pas. La beauté importe au premier chef en ce que la laideur ne peut être souillée, et que l'essence de l'érotisme est la souillure. L'humanité, significative de l'interdit, est transgressée dans l'érotisme. Elle est transgressée, profanée, souillée. Plus grande est la beauté, plus profonde est la souillure.

L'Érotisme

« Les ascètes disent de la beauté qu'elle est le piège du diable », écrit encore Bataille dans la préface de *Madame Edwarda*, « la beauté seule, en effet, rend tolérable un besoin de désordre, de violence et d'indignité qui est la racine de l'amour ». La parure et les visages harmonieux, les chairs lisses et les corps glorieux, si on les aime, c'est comme un appel à la profanation, à la transgression : pour voir l'ange défaillir en eux, et la bête affleurer. La laideur devient alors l'au-delà de la beauté : non plus matière, chaos à maîtriser, à façonner, mais chair révélée en son excès, dans le vertige mêlé du dégoût et du désir, chair chavirée, soustraite, dans le silence de l'étreinte et l'obscurité des yeux clos, aux limites du visage, du moi, de la décence et de la durée, chair ouverte, par la dépense, par la fête, par la jouissance, au fond de l'être.

LA BEAUTÉ DES LAIDS

PLATON

Socrate et les silènes

« La laideur, qui est déjà en soi une objection, était pour les Grecs presque un motif de refus », écrit Nietzsche dans le Crépuscule des idoles. *Si les Grecs ont inventé l'idéal du* kalos kagathos, *dont la crase dit l'unité du beau et du bien, ils ont aussi donné naissance à de nombreuses figures de la laideur : Méduse, les silènes, les Grées, mais aussi Thersite, le bouffon homérique,* kakos kaiskhros, *à la fois laid et vil, et Socrate, dont la laideur est le masque du bien et le moteur du désir.*

Mais prêtez-moi encore l'oreille : je vais vous montrer à quel point il ressemble à ceux à qui je l'ai comparé, et à quel point son pouvoir est étonnant. Sachez-le bien en effet, aucun de vous ne connaît vraiment cet homme là [216d]. Mais moi je vais continuer à vous montrer ce qu'il est, puisque j'ai déjà commencé à le faire. Vous observez en effet qu'un penchant amoureux mène Socrate vers les beaux garçons : il ne cesse de tourner autour d'eux, il est troublé par eux. D'un autre côté, il ignore tout et il ne sait rien, c'est du moins l'air qu'il se donne. N'est-ce point là un trait qui l'apparente au silène ? Oui, tout à fait, car l'enveloppe extérieure du personnage s'apparente à celle d'un silène sculpté. Mais, à l'intérieur, une fois que le silène sculpté a été ouvert, avez-vous une idée de toute la modération dont il regorge, messieurs les convives ? Laissez-moi vous le dire : que le garçon soit beau, cela ne l'intéresse en rien, et même [216e] il a un mépris inimaginable pour cela, tout comme il méprise le fait que le garçon soit riche ou qu'il possède quelque avantage jugé enviable par le grand nombre. Pour lui, tous ces biens n'ont aucune valeur, et nous ne sommes rien à ses yeux, je vous l'assure. Il passe toute sa vie à faire le naïf et à plaisanter avec les gens. Mais quand il est sérieux et que le silène s'ouvre, je ne sais si quelqu'un a vu les figurines qu'il recèle. Moi, il m'est arrivé de les voir, et elles m'ont paru si divines, si précieuses, si parfaitement belles [217a] et si extraordinaires, que je n'avais plus qu'à exécuter sans retard ce que me recommandait Socrate.

Le Banquet,
traduit par Luc Brisson

Que Socrate soit laid, Platon, ici, ne le dit nulle part explicitement. C'est dans le *Banquet* de Xénophon que l'on lit la description fameuse : le nez camus, les lèvres épaisses, les yeux à fleur de tête… Mais cette description prend place dans le cadre ironique d'un concours de beauté : Socrate doit être plus beau que le jeune et séduisant Critobule si ses yeux à fleur de tête, comme ceux de l'écrevisse, lui permettent de voir de côté, si son nez retroussé ne leur fait pas obstacle et peut capter tous les parfums, si ses lèvres épaisses mordent mieux et rendent son baiser plus moelleux… Ce que l'on lit chez Platon c'est, simplement, que Socrate ressemble au silène (l'éducateur de Dionysos) et au satyre Marsyas (le rival d'Apollon). Jean-Pierre Vernant a montré la proximité entre la figure des silènes et celle de Méduse-Gorgô : c'est aussi une figure grimaçante, mais en laquelle le grotesque et le rire l'emportent sur l'effroi. Tout se passe comme si Platon, avec celle de la laideur, récupérait l'expérience archaïque de la possession, mais pour en inverser la valeur : se regarder en Socrate, c'est s'exposer, comme le bel Alcibiade qui dit assez l'effroi et la violence de cette expérience, à perdre l'évidence et la confiance de sa propre beauté, à voir se défaire cette image sereine et apollinienne, mais pour, devenu soi-même silène, découvrir qu'elle cèle et recèle une autre beauté. C'est affronter le gouffre entre beauté sensible et beauté intelligible, découvrir l'écart qui sépare le *kalon*, la belle apparence, de l'*agathon*, du bien. La laideur de Socrate est ironique, comme le souligne Kierkegaard, elle est une négativité active, puissante, capable de dissoudre cette apparence que l'art et la beauté sensible ne font que redoubler : mais elle lui oppose une fascination plus violente qui au lieu de révéler, comme les figures infernales, l'en deçà de la forme sensible, conduit au-delà d'elle.

JEAN-PAUL SARTRE

La révélation de la laideur

Après le philosophe-silène, le philosophe-crapaud : ou, avec Sartre, une autre laideur philosophique...

Je viens de raconter l'histoire d'une vocation manquée : j'avais besoin de Dieu, on me le donna, je le reçus sans comprendre que je le cherchais. Faute de prendre racine en mon cœur, il a végété en moi quelque temps, puis il est mort. Aujourd'hui quand on me parle de Lui, je dis avec l'amusement sans regret d'un vieux beau qui rencontre une ancienne belle : « Il y a cinquante ans, sans ce malentendu, sans cette méprise, sans l'accident qui nous sépara, il aurait pu y avoir quelque chose entre nous. »

Il n'y eut rien. Pourtant mes affaires allaient de mal en pis. Mon grand-père s'agaçait de ma longue chevelure : « C'est un garçon, disait-il à ma mère, tu vas en faire une fille ; je ne veux pas que mon petit-fils devienne une poule mouillée ! » Anne-Marie tenait bon ; elle eût aimé, je pense, que je fusse une fille pour de vrai ; avec quel bonheur elle eût comblé de bienfaits sa triste enfance ressuscitée. Le Ciel ne l'ayant pas exaucée, elle s'arrangea : j'aurais le sexe des anges, indéterminé mais féminin sur les bords. Tendre, elle m'apprit la tendresse ; ma solitude fit le reste et m'écarta des jeux violents. Un jour – j'avais sept ans – mon grand-père n'y tint plus : il me prit par la main, annonçant qu'il m'emmenait en promenade. Mais, à peine avions-nous tourné le coin de la rue, il me poussa chez le coiffeur en me disant : « Nous allons faire une surprise à ta mère. » J'adorais les surprises. Il y en avait tout le temps chez nous. Cachotteries amusées ou vertueuses, cadeaux inattendus, révélations théâtrales suivies d'embrassements : c'était le ton de notre vie. Quand on m'avait ôté l'appendice, ma mère n'en avait pas soufflé mot à Karl pour lui éviter des angoisses qu'il n'eût, de toute manière, pas ressenties. Mon oncle Auguste avait donné l'argent; revenus clandestinement d'Arcachon, nous nous étions cachés dans une clinique de Courbevoie. Le surlendemain de l'opération, Auguste était venu voir mon grand-père : « Je vais, lui avait-il dit, t'annoncer une bonne nouvelle. » Karl fut trompé par l'affable solennité de cette voix : « Tu te remaries ! » « Non, répondit mon oncle en souriant, mais tout s'est très bien passé. » « Quoi, tout ? », etc., etc. Bref les coups de théâtre faisaient mon petit ordinaire et je regardai avec bienveillance mes boucles rouler le long de la serviette blanche qui me serrait le cou et tomber sur le plancher, inexplicablement ternies; je revins glorieux et tondu.

Il y eut des cris mais pas d'embrassement et ma mère s'enferma dans sa chambre pour pleurer : on avait troqué sa fillette contre un garçonnet. Il y avait pis : tant qu'elles voltigeaient autour de mes oreilles, mes belles anglaises lui avaient permis de refuser l'évidence de ma laideur. Déjà, pourtant, mon œil droit entrait dans le crépuscule. Il fallut qu'elle s'avouât la vérité. Mon grand-père semblait lui-même tout interdit; on lui avait confié sa petite merveille, il avait rendu un crapaud : c'était saper à la base ses futurs émerveillements.

Les Mots

« Je raconterai plus tard quels acides ont rongé les transparences déformantes qui m'enveloppaient, quand et comment j'ai fait l'apprentissage de la violence, découvert ma laideur – qui fut pendant longtemps mon principe négatif, la chaux vive où l'enfant merveilleux s'est dissous », écrit Sartre dans les dernières pages des *Mots*. Cette histoire, il ne l'a jamais contée. Tout en la taisant, il dit assez quelle expérience fondatrice fut pour lui la révélation de sa laideur : comment elle l'a « amené à penser systématiquement contre [lui]-même au point de mesurer l'évidence d'une idée au déplaisir qu'elle [lui] causait », comment elle l'a convaincu de sa propre impossibilité, comment elle l'a installé dans le doute (ne parle-t-il pas ici de Dieu comme d'une ancienne belle regrettée par un vieux beau ?). La beauté rassure, avoue Sartre ailleurs : qu'il prenne l'avion avec une belle femme, et il n'a plus peur d'un accident. Car la beauté est accès à l'éternel et à l'imaginaire, passage dans un arrière-monde. L'expérience de la laideur, elle, est radicalement quotidienne, ordinaire : elle est l'expérience même du réel.

MADAME LEPRINCE DE BEAUMONT

La Belle, la Bête et les statues

Jeanne Leprince de Beaumont est née en 1711. Tôt mariée, vite divorcée, elle déclare que « son mari ne pouvait produire que des victimes destinées aux plus affreuses infirmités ». Elle est morte à soixante-dix ans, et écrivit soixante-dix livres. Éducatrice, moraliste, elle use de la séduction du conte tout en se méfiant : « Nous sommes toutes des extravagantes, avoue-t-elle. Notre âme passe sa vie à la fenêtre. » Joliette, Le Prince Désir, Le Prince Charmant, Belotte et Laidronette : *ses fables, où toujours l'extravagance l'emporte sur l'édification, ne cessent de tisser les fils mêlés de la laideur et de la beauté. Rien d'étonnant, dès lors, à ce qu'elle ait réécrit le récit de Madame de Villeneuve,* La Belle et la Bête, *passant ainsi le furet à Cocteau.*

Cependant Belle se reprochait le chagrin qu'elle allait donner à sa pauvre Bête, qu'elle aimait de tout son cœur, et elle s'ennuyait de ne la plus voir. La dixième nuit qu'elle passa chez son père, elle rêva qu'elle était dans le jardin du palais, et qu'elle voyait la Bête, couchée sur l'herbe, et prête à mourir, qui lui reprochait son ingratitude. La Belle se réveilla en sursaut, et versa des larmes.

« Ne suis-je pas bien méchante, disait-elle, de donner du chagrin à une Bête, qui a pour moi tant de complaisance ? Est-ce sa faute, si elle est si laide, et si elle a peu d'esprit? Elle est bonne, cela vaut mieux que tout le reste. Pourquoi n'ai-je pas voulu l'épouser? Je serais plus heureuse avec elle, que mes sœurs avec leurs maris. Ce n'est, ni la beauté, ni l'esprit d'un mari, qui rendent une femme contente : c'est la bonté du caractère, la vertu, la complaisance : et la Bête a toutes ces bonnes qualités. Je n'ai point d'amour pour elle; mais j'ai de l'estime, de l'amitié, et de la reconnaissance. Allons, il ne faut pas la rendre malheureuse; je me reprocherais toute ma vie mon ingratitude. »

À ces mots, Belle se lève, met sa bague sur la table, et revient se coucher. À peine fut-elle dans son lit, qu'elle s'endormit, et quand elle se réveilla le matin, elle vit avec joie qu'elle était dans le palais de la Bête. Elle s'habilla magnifiquement pour lui plaire, et s'ennuya à mourir toute la journée, en attendant neuf heures du soir; mais l'horloge eut beau sonner, la Bête ne parut point. La Belle, alors, craignit d'avoir causé sa mort. Elle courut tout le palais, en jetant de grands cris; elle était au désespoir. Après avoir cherché partout, elle se souvint de son rêve, et courut dans le jardin vers le canal, où elle l'avait vue en dormant. Elle trouva la pauvre Bête étendue sans connaissance, et elle crut qu'elle était morte. Elle se jeta sur son corps, sans avoir horreur de sa figure, et sentant que son cœur battait encore, elle prit de l'eau dans le canal, et lui en jeta sur la tête. La Bête ouvrit les yeux et dit à la Belle :

« Vous avez oublié votre promesse, le chagrin de vous avoir perdue, m'a fait résoudre à me laisser mourir de faim; mais je meurs content, puisque j'ai le plaisir de vous revoir encore une fois.

– Non, ma chère Bête, vous ne mourrez point, lui dit

la Belle, vous vivrez pour devenir mon époux ; dès ce moment je vous donne ma main, et je jure que je ne serai qu'à vous. Hélas, je croyais n'avoir que de l'amitié pour vous, mais la douleur que je sens, me fait voir que je ne pourrais vivre sans vous voir. »

À peine la Belle eut-elle prononcé ces paroles, qu'elle vit le château brillant de lumière, les feux d'artifices, la musique, tout lui annonçait une fête ; mais toutes ces beautés n'arrêtèrent point sa vue : elle se retourna vers sa chère Bête, dont le danger la faisait frémir. Quelle fut sa surprise ! La Bête avait disparu, et elle ne vit plus à ses pieds qu'un prince plus beau que l'amour, qui la remerciait d'avoir fini son enchantement. Quoique ce prince méritât toute son attention, elle ne put s'empêcher de lui demander où était la Bête.

La Belle et la Bête

La littérature présente peu de grandes figures de laids, et de laides moins encore. Tout se passe comme si elle les avait abandonnées aux contes : *Le vilain petit canard, Blanche-Neige, Peau d'âne, Riquet à la houppe, La petite sirène*, leurs miroirs flatteurs, leurs bêtes écorchées, leurs métamorphoses douloureuses ou rêvées, enseignent, dès l'enfance, que les laids ne sont pas toujours des vilains, que la vie est prodigue en transfigurations. *La Belle et la Bête* est un conte moral, une fable sur la beauté intérieure, mais aussi, et avant tout (on est au dix-huitième siècle), sur les qualités de cœur : car la Bête n'est pas seulement laide, elle est vraiment bête aussi, privée d'intelligence comme d'esprit. Quant aux deux sœurs de la Belle, belles, mais envieuses, et orgueilleuses, leur châtiment sera de devenir deux statues, douées de raison sous la pierre qui les enveloppe. Cette Bête laide et sans esprit, à laquelle son père l'a involontairement livrée en cueillant pour elle une rose, la Belle l'aime pourtant, elle ne peut « vivre sans [la] voir », elle est fascinée par le monstre : mais c'est, dit-elle, qu'« il y a bien des hommes qui sont plus monstres [qu'elle] ».

OSCAR WILDE

Dorian Gray, masque et portrait

Le Portrait de Dorian Gray *a la force et la pérennité des contes : tout le monde connaît l'histoire faustienne de ce jeune homme qui, face à son portrait, a la révélation de sa beauté, et se dit prêt à donner son âme pour que ce soit le portrait qui vieillisse, se flétrisse, lui qui demeure éternellement jeune, inentamé.*

Au moment où il tournait la poignée de la porte, son regard tomba sur son portrait peint par Basil Hallward. Il sursauta et recula, comme saisi d'étonnement. Puis il passa dans sa chambre, l'air quelque peu perplexe. Après qu'il eut ôté la fleur qui décorait la boutonnière de sa jaquette, il parut hésiter. Finalement, il rebroussa chemin, s'approcha du tableau, et l'examina. Éclairé par le peu de lumière que laissaient filtrer les stores de soie crème, le visage lui parut légèrement changé. L'expression avait l'air différente. On aurait dit que la bouche présentait une touche de cruauté. C'était assurément étrange.

Il se retourna et, allant jusqu'à la fenêtre, il releva le store. L'éclat de l'aube inonda la pièce et chassa vers les recoins obscurs les ombres fantastiques, qui s'y immobilisèrent, frissonnantes. Mais l'expression étrange qu'il avait remarquée sur le visage du portrait semblait y persister, s'y intensifier même. La lumière du jour, ardente, palpitante, lui montrait les plis de cruauté autour de la bouche aussi clairement que s'il s'était regardé dans un miroir après avoir commis une action abominable.

Il tressaillit et, prenant sur la table une glace ovale encadrée de cupidons d'ivoire, un des multiples cadeaux de Lord Henry, il jeta un regard rapide sur ses profondeurs polies. Aucun pli semblable n'abîmait ses lèvres rouges. Qu'est-ce que cela signifiait ?

Il se frotta les yeux, vint tout près du tableau, et l'examina de nouveau. Lorsqu'il observait le portrait lui-même, il ne remarquait aucun indice de changement, et cependant l'expression tout entière s'était indubitablement modifiée. Ce n'était pas simple imagination de sa part. Le fait était atrocement visible.

Il se laissa tomber dans un fauteuil, et se mit à réfléchir. En un éclair il se rappela soudain ce qu'il avait dit dans l'atelier de Basil Hallward le jour de l'achèvement du portrait. Oui, il se le rappelait parfaitement. Il avait exprimé un vœu insensé : que lui-même pût rester jeune et le portrait vieillir ; que sa beauté à lui échappât à toute flétrissure et que le visage fixé sur la toile portât le fardeau de ses passions et de ses péchés ; que l'image peinte fût marquée des rides de la souffrance et de la méditation, mais que lui conservât l'éclat délicat, le charme et la beauté de son adolescence alors à peine consciente d'elle-même. Se pouvait-il que son vœu eût été exaucé ? De pareilles choses étaient impossibles. Il paraissait monstrueux de simplement y songer. Et pourtant, le portrait était là, sous ses yeux, avec, sur la bouche, la touche de cruauté.

Le Portrait de Dorian Gray,
traduit de l'anglais par Jean Gattégno

Si le véritable héros de *Dorian Gray* est un portrait, si Oscar Wilde écrit, dans sa préface, qu'« il n'existe pas de livre moral ou de livre immoral », il a pourtant composé une fable morale, qui enseigne non seulement que des souillures de l'âme le corps doit, un jour ou l'autre, porter les stigmates, mais qu'il n'est pas de réalité sans laideur. Dorian Gray a beau, tel un héros de Huysmans, s'entourer de parfums rares, de pierres précieuses, de broderies merveilleuses, et ne voir dans le mal « qu'une méthode lui permettant de réaliser sa conception de la beauté », il est en proie à une nostalgie, à un appétit violents de cette laideur qui l'épargne. C'est elle qu'il recherche dans les débauches, les bouges, et les fumeries d'opium où il se fait appeler « Prince Charmant » : « La laideur était l'unique réalité. La querelle vulgaire, le bouge répugnant, la violence brutale d'une vie désordonnée, jusqu'à la vilenie du voleur et du hors-la-loi, créaient une impression de réalité plus intense et plus nette que toutes les formes gracieuses de l'Art, que toutes les ombres langoureuses du chant. »
Et puisque, du conte, ce récit a aussi la clairvoyante plasticité, on pourrait y lire, encore, la fable de notre modernité : de ce monde étrange, où la tyrannie du beau est passée de l'art au corps, où les artistes ne se soucient plus de créer de la beauté, mais où l'on s'efforce de réaliser celle-ci à même la chair : comme s'il n'y avait plus que la chirurgie pour se vouloir « esthétique », comme si l'exigence de beauté avait glissé de la toile, du tableau, à la peau.

PLOTIN

La laideur et la grâce

Le Premier Principe de Plotin (205-270 apr. J.-C.), l'Un-Bien, est au-delà de l'être comme de la Forme. Cette décision métaphysique, cette position radicale de transcendance, préside à une dissociation entre le bien et le beau, le kalon *et l'*agathon. *Elle inaugure une rupture avec l'esthétique grecque classique de la forme, de la proportion, et de la symétrie, et dessine les linéaments d'une esthétique de la laideur, mais aussi de la grâce.*

C'est, en effet, comme si elle [l'âme] s'approchait d'un visage beau sans doute, mais encore incapable de ravir les regards, parce que sur lui ne resplendit pas la grâce chatoyant sur la beauté. C'est pourquoi, ici-bas aussi, la beauté se trouve dans la lumière qui brille sur la symétrie, plutôt que dans la symétrie elle-même. Et c'est cela qui donne le charme. Pourquoi donc, en effet, est-ce sur un visage vivant que resplendit au plus haut point la splendeur de la beauté, alors que sur un visage mort, on n'en voit plus que le vestige, même si ce visage n'est pas encore détruit dans sa chair et sa symétrie ? Et, pour ce qui est des statues, ne sont-ce pas les plus vivantes qui sont les plus belles, même si les autres ont plus de symétrie ? Et un homme laid, s'il est vivant, n'est-il pas plus beau qu'un homme, sans doute beau, mais représenté dans une statue ? N'est-ce pas parce que cet homme vivant est plus désirable ? Mais cela, c'est parce qu'il a une âme ; mais cela, c'est parce qu'il a plus la *ressemblance avec le Bien,* mais cela, c'est parce que son âme a été colorée en quelque sorte par la lumière du Bien, et, ainsi colorée, elle s'est éveillée, elle s'est élevée, toute légère : elle emporte avec elle ce qui lui appartient et, autant que possible, elle lui donne la bonté et elle l'éveille.

Traité 38 (VI, 7),
traduit par Pierre Hadot

Pour Plotin, la beauté est contemporaine de l'Intellect, qui n'est que le deuxième principe et le premier effet de l'Un-Bien. C'est parce qu'il se convertit vers son principe sans pouvoir en rejoindre la simplicité que l'Intellect se constitue comme totalité des Formes, et c'est parce qu'il échoue à coïncider avec le Bien qu'il diffracte celui-ci en beauté. Dire ceci, c'est dire que les Formes, et la beauté, ne sont qu'un substitut au Bien, sa trace vive dans le multiple. Aussi ne peuvent-elles combler le désir de l'âme. C'est pourquoi la beauté véritable ne réside pas, pour Plotin, dans l'organisation et l'ordonnancement du multiple en proportion et en harmonie, mais plutôt dans la simplicité : rien de plus beau que l'éclat de l'or, l'éclair dans la nuit, une couleur ou un son simple, le feu. Il n'est de beauté véritable qu'éclairée par la lumière, la puissance, ou encore la Vie de l'Un. Un homme laid, s'il est vivant, sera toujours plus beau que la plus belle des statues. C'est de cette vie que la grâce est le reflet. Dans *Idea,* Erwin Panofsky a montré l'influence de cette conception sur le maniérisme, pour lequel la véritable beauté réside aussi dans la grâce, la vie et le mouvement, la « figure serpentine » semblable à une flamme bondissante.

BARBEY D'AUREVILLY

La revanche de Vellini

Une vieille maîtresse *est l'histoire d'un ensorcellement : celui dont est victime Ryno de Marigny et qui, à sa jeune et belle épouse, Hermangarde, lui fait préférer une ancienne liaison sans jeunesse ni beauté, mais dont la laideur, mêlée au rêve du passé, est le charme le plus puissant.*

La señora Vellini n'était plus jeune et n'avait jamais été jolie. […] Vellini était petite et maigre. Sa peau, qui manquait ordinairement de transparence, était d'un ton presque aussi foncé que le vin extrait du raisin brûlé de son pays. Son front, projeté durement en avant, paraissait d'autant plus bombé que le nez se creusait un peu à la racine; une bouche trop grande, estompée d'un duvet noir bleu, qui, avec la poitrine extrêmement plate de la señora, lui donnait fort un air de jeune garçon déguisé; oui, voilà ce qui paraissait, aveuglait d'abord, ce qui choquait au premier coup d'œil, ce qui faisait dire, aux yeux épris des lignes de la tête caucasienne, qu'elle était laide, la señora Vellini; surtout quand on la voyait – comme ce soir-là la voyait le vicomte – hâve d'ennui, indolemment couchée sur sa peau de bête, réveillée de sa pesante rêverie comme un enfant fiévreux qui interrompt une sieste morbide dans la Maremme. Sa tête, trop penchée sur son cou flexible et qui semblait emporter le poids de son corps, lui donnait quelque chose d'oblique et de torve. Elle se repliait sur elle-même avec une espèce de pudeur farouche, défiante et orgueilleuse, et qui jetait des redoublements d'ombre sur sa laideur. Telle elle apparaissait… mais, disons tout : pour peu qu'une passion ou un caprice la fît sauter debout; pour peu qu'un invisible coup de trompette, un accent réveillé des sentiments engourdis, lançât le frisson dans sa maigreur nerveuse et l'arrachât au sommeil de sa pensée… elle n'était pas belle, non, jamais! mais elle était vivante, et la vie, chez elle, valait la beauté dans les autres! L'Expression – ce dieu caché au fond de nos âmes – la créait par une foudroyante métamorphose. Alors, ce front envahi par une chevelure mal plantée, ce front d'esclave, étroit, entêté, ténébreux, grossissait, grandissait et commandait au visage. Ce nez, commencé par un peintre kalmouk, finissait en narines entr'ouvertes, fines, palpitantes, comme le ciseau grec en eût prêté à la statue du Désir. Les coins de la bouche allaient mourir dans des fossettes voluptueuses. Les yeux, emplis par des prunelles d'une largeur extraordinaire, noirs, durs, faux, espionnants, tisons ardents d'un vrai *brasero* sans flammes, s'avivaient d'une clarté qui brûlait le jour. C'étaient des yeux infernaux ou célestes, car l'homme n'a guère que ces mots-là qui cachent l'Infini, pour en exprimer la puissance. À coup sûr, c'étaient des yeux pareils qui avaient inspiré le distique klephte : « Un de tes cheveux! que je m'en couse les paupières pour ne plus regarder d'autres yeux que les tiens! » Ah! dans ces moments-là, quelle revanche la señora prenait sur les femmes toujours belles! Mais l'émotion ne durait pas. Tout s'éteignait quand elle était envolée; et la nuit de sa laideur ressaisissait, redévorait Vellini en silence, et restait sourdement sur elle, – comme un froid basilic se couche à la place où il a tout englouti...

Une vieille maîtresse

Vellini est à la fois belle et laide, homme et femme, femme et serpent, elle est une chimère, une Mélusine, une sorcière. Mais elle est aussi – et sur ce point le texte de Barbey n'est pas étranger à celui de Plotin – prodigieusement vivante, et mobile. En elle miroitent à la fois l'éclat de la vie et les reflets du passé. Elle est laide, peut-être, mais sa laideur a de plus violents prestiges que la beauté, hiératique quoique sensuelle, de la malheureuse Hermangarde. Car elle est animée par le mouvement et par l'expression, ce que Plotin nomme « la grâce », Barbey « le charme ». C'est quand elle se meut, quand elle marche et se déhanche avec le « *moneo* des femmes d'Espagne » qu'elle révèle sa puissance impétueuse, capable de réveiller en toute âme « le rêve endormi des plaisirs fabuleux ». La figure qui la dit le mieux est celle, baroque, de la torsion : « Naturelle et bizarre tout ensemble : enfant, femme, animal, Chimère, un composé de tant de choses divinement pétries ; une statuette humaine, faite – comme la foudre des Anciens – de trois rayons, tordus par la main de Dieu ! »

LOUIS ARAGON

Le charme de Bérénice

*« La première fois qu'Aurélien vit Bérénice, il la trouva franchement laide »... Tout le monde connaît la phrase sur laquelle s'ouvre l'*Aurélien *d'Aragon, la phase inaugurale, aussi, d'une grande passion.*

S'il la rencontrait dans la rue. Au fait, il ne l'a jamais vue dans la rue. Ou même en costume tailleur. En costume tailleur. Dans la rue. Est-ce qu'il ne la reconnaîtrait pas ?

Parce que dans la rue, en costume tailleur, il faut imaginer, non plus seulement le visage, bouleversé par ces longs yeux obliques, noirs, bombés, mais aussi l'allure générale, c'est-à-dire le corps, qu'il ne connaît pas, qu'est-ce qu'il en sait ? ce corps si léger de danseuse, sans poids, sans réalité, si différent quand il marche dans la rue certainement... et pas seulement le corps, mais le corps en mouvement, l'allure, cette chose impondérable, l'allure... dans la rue, en costume tailleur...

Et de nouveau Aurélien revoit le visage, la lèvre inférieure qui a l'air de souffrir et de sourire, ce patinage de la lumière aux pommettes, les cheveux sur le front, les yeux fermés... mais les yeux s'ouvrent et tout se brouille... Dans la rue... Il regarde les femmes, celles qui ont à peu près sa taille... Cela pourrait être celle-ci, celle-là… Mais non, ce n'est aucune, aucune ne chasse tout à fait son fantôme… même celles qui sont jolies.

Peut-on dire de Bérénice qu'elle est jolie ? Il l'avait trouvée laide, d'abord. Il l'avait mal regardée. La question n'est pas qu'elle soit jolie.

Elle est mieux que jolie. Elle est autre chose. Elle a un charme… Voilà ce qu'il y a… il retrouve bien les traits, mais pas le secret de leur charme… comme un mot qui échappe… on sait comment il est fait… à peu près… s'il a des *r* dedans… combien de syllabes… on lui trouve ou des rimes ou des équivalents… mais le vrai mot, le mot qui chante…

Voilà ce qu'il y a : il ne retrouve pas ce qui chante en elle.

Il est sûr pourtant qu'il y a quelque chose qui chante en elle. Quoi ? Ah dame ! Quelque chose qui chante comme son nom. Bérénice. Il se souvient d'avoir sur ce nom en toute innocence rêvé. Il l'avait mal vue alors. Il rêvait sur son nom sans vraiment penser à elle. Un nom qui fait rêver d'ailleurs. Mais elle est au-delà de son nom. Son nom fait rêver à elle. Elle a effacé toutes les Bérénices possibles, il n'y a plus qu'une Bérénice possible, plus qu'une Bérénice, une seule Bérénice, elle… Il ne retrouve pas ce qui chante en elle, le cœur de son chant.

Avec une inquiétude croissante, il cherche où le chant a son cœur. Il cherche à se souvenir. Que faut-il se souvenir d'elle, avant tout, surtout ? Est-ce cette passante imaginaire, en costume tailleur ? Ou plutôt cette danseuse qu'il a tenue dans ses bras, cette danseuse légère, et ses bras se souviennent, et se désespèrent en même temps de ne pas se souvenir… Pour la première fois, il vient de sentir son absence. Il vient de sentir son absence dans ses bras.

Mais est-ce bien là le chant de Bérénice ? Faut-il pour l'éprouver la tenir dans ses bras, comme n'importe quelle femme, ou son charme n'est-il pas ailleurs, dans sa gaîté, dans son silence, dans ses yeux fermés, dans ses yeux ouverts ? Tout à coup Aurélien retrouve l'émotion de cette main dans sa main, de cette main prisonnière, comme un oiseau qui frémit, et ce n'est pas l'oiseau qui est pris, c'est l'oiseleur.

Il frotte la paume de sa main et s'étonne. Une brûlure. Une présence. Une absence. Les deux à la fois.

Une chanson.

Aurélien

> C'est après avoir dansé avec Bérénice qu'Aurélien se découvre vraiment, violemment épris d'elle. Ce qui le séduit et le charme, pourtant, ce n'est pas sa légèreté, sa grâce, son mouvement. Ce sont ses yeux fermés. En Bérénice, Aurélien aime une image mortuaire, la ressemblance révélée par ses yeux clos entre elle et le visage d'une disparue, d'une suicidée : l'Inconnue de la Seine, dont le masque orne son appartement de l'île Saint-Louis. Ou plutôt, ce qui le fascine et nourrit sa passion, c'est l'alternance entre les yeux ouverts et les yeux clos, le corps et l'ombre, la femme et le masque : non pas la laideur comme mouvement, mais le jeu entre laideur et beauté, mort et vie.

STENDHAL

La promesse des laides

LA BEAUTÉ DÉTRÔNÉE PAR L'AMOUR

Albéric rencontre dans une loge une femme plus belle que sa maîtresse ; je supplie qu'on me permette une évaluation mathématique : c'est-à-dire dont les traits promettent trois unités de bonheur au lieu de deux (je suppose que la beauté parfaite donne une quantité de bonheur exprimée par le nombre quatre).

Est-il étonnant qu'il leur préfère les traits de sa maîtresse, qui lui promettent cent unités de bonheur ? Même les petits défauts de sa figure, une marque de petite-vérole, par exemple, donnent de l'attendrissement à l'homme qui aime, et le jettent dans une rêverie profonde, lorsqu'il les aperçoit chez une autre femme ; que sera-ce chez sa maîtresse ? C'est qu'il a éprouvé mille sentiments en présence de cette marque de petite-vérole, que ces sentiments sont pour la plupart délicieux, sont tous du plus haut intérêt, et que, quels qu'ils soient, ils se renouvellent avec une incroyable vivacité, à la vue de ce signe, même aperçu sur la figure d'une autre femme.

Si l'on parvient ainsi à préférer et à aimer la *laideur*, c'est que dans ce cas la laideur est beauté *. Un homme

* La beauté n'est que la *promesse* du bonheur. Le bonheur d'un Grec était différent du bonheur d'un Français de 1822. Voyez les yeux de la

aimait à la passion une femme très maigre et marquée de petite-vérole; la mort la lui ravit. Trois ans après, à Rome, admis dans la familiarité de deux femmes, l'une plus belle que le jour, l'autre maigre, marquée de petite-vérole, et par là, si vous voulez, assez laide, je le vois aimer la laide au bout de huit jours qu'il emploie à effacer sa laideur par ses souvenirs; et, par une coquetterie bien pardonnable, la moins jolie ne manqua pas de l'aider en lui fouettant un peu le sang, chose utile à cette opération*. Un homme rencontre une femme, et est choqué de sa laideur; bientôt, si elle n'a pas de prétentions, sa physionomie lui fait oublier les défauts de ses traits, il la trouve aimable et conçoit qu'on puisse l'aimer; huit jours après il a des espérances, huit jours après on les lui retire, huit jours après il est fou.

De l'Amour

Cet apologue de *De l'Amour* pourrait se lire comme l'argument d'*Une vieille maîtresse* de Barbey d'Aurevilly. On en a retenu la phrase fameuse, reprise par Baudelaire dans le *Peintre de la vie moderne* : « La beauté n'est que la *promesse* du bonheur. » On oublie qu'il dit aussi que la laideur, elle, est le *souvenir* du bonheur.

Vénus de Médicis et comparez-les aux yeux de la Madeleine de Pordenone (chez M. de Sommariva).

* Si l'on est sûr de l'amour d'une femme, on examine si elle est plus ou moins belle; si l'on doute de son cœur, on n'a pas le temps de songer à sa figure.

CHARLES BAUDELAIRE

« La Beauté est un Monstre... »

Elle est bien laide. Elle est délicieuse pourtant !

Le Temps et l'Amour l'ont marquée de leurs griffes et lui ont cruellement enseigné ce que chaque minute et chaque baiser emportent de jeunesse et de fraîcheur.

Elle est vraiment laide ; elle est fourmi, araignée, si vous voulez, squelette même ; mais aussi elle est breuvage, magistère, sorcellerie ! en somme, elle est exquise.

Le Temps n'a pu rompre l'harmonie pétillante de sa démarche ni l'élégance indestructible de son armature. L'Amour n'a pas altéré la suavité de son haleine d'enfant ; et le Temps n'a rien arraché de son abondante crinière d'où s'exhale en fauves parfums toute la vitalité endiablée du Midi français : Nîmes, Aix, Arles, Avignon, Narbonne, Toulouse, villes bénies du soleil, amoureuses et charmantes !

Le Temps et l'Amour l'ont vainement mordue à belles dents ; ils n'ont rien diminué du charme vague, mais éternel, de sa poitrine garçonnière.

Usée peut-être, mais non fatiguée, et toujours héroïque, elle fait penser à ces chevaux de grande race que l'œil du véritable amateur reconnaît, même attelés à un carrosse de louage ou à un lourd chariot.

Et puis elle est si douce et si fervente ! Elle aime comme on aime en automne ; on dirait que les approches de l'hiver allument dans son cœur un feu nouveau, et la servilité de sa tendresse n'a jamais rien de fatigant.

« Un cheval de race », *Petits poèmes en prose*

De Baudelaire, on pourrait citer l'œuvre entière, tant celle-ci est parcourue par un double mouvement de blasphème et d'invention de la Beauté. Injurier la beauté, oui, mais pour œuvrer à une beauté nouvelle, ouverte par l'art, et par l'artifice, à la laideur, à l'accident, à la mélancolie et au malheur. D'une telle beauté, la laideur n'est plus la négation, mais un moment nécessaire, comme elle l'est de la « double postulation » qui partage tout homme entre Dieu et le Diable. Elle concourt à façonner une beauté bizarre, moderne, tout ensemble monstrueuse et harmonique, comme le sont les figures de Goya : une beauté qui ne sacrifie pas la vérité, capable de dire la boue des villes et la misère des faubourgs sans la masquer sous les « vitres de paradis » d'une poésie illusoire – et qui par là puisse se révéler, même fugitive, meurtrie ou décomposée, dans une passante, des petites vieilles, ou une charogne, or surgi de la boue, fleur du mal.

MONTAIGNE

Les fantaisies de la beauté

Quant à la beauté du corps, avant passer outre, il me faudroit sçavoir si nous sommes d'accord de sa description. Il est vray semblable que nous ne sçavons guiere que c'est que beauté en nature et en general, puisque à l'humaine et nostre beauté nous donnons tant de formes diverses : de laquelle s'il y avoit quelque prescription[1] naturelle, nous la recognoistrions en commun, comme la chaleur du feu. Nous en fantasions[2] les formes à nostre poste[3].

Turpis Romano Belgicus ore color[4].

Les Indes la peignent noire et basannée, aux levres grosses et enflées, au nez plat et large. Et chargent de gros anneaux d'or le cartilage d'entre les nazeaux pour le faire pendre jusques à la bouche ; comme aussi la balievre[5], de gros cercles enrichis de pierreries, si qu'elle[6]

1. Forme réglée d'avance.
2. Imaginons.
3. À notre gré.
4. « Un teint belge serait laid dans un visage romain. » (Properce, II, XVIII^b, 26.)
5. Lèvre d'en bas.
6. Si bien qu'elle.

leur tombe sur le menton ; et est leur grace de montrer leurs dents jusques au dessous des racines. Au Peru, les plus grandes oreilles sont les plus belles, et les estendent autant qu'ils peuvent par artifice[1] : et un homme d'aujourd'huy dict avoir veu en une nation orientale ce soing de les agrandir en tel credit, et de les charger de poisans[2] joyaux, qu'à tous coups il passoit son bras vestu, au travers d'un trou d'oreille. Il est ailleurs des nations qui noircissent les dents avec grand soing, et ont à mespris de les voir blanches ; ailleurs, ils les teignent de couleur rouge. Non seulement en Basque les femmes se trouvent plus belles la teste rase, mais assez ailleurs[3] ; et, qui plus est, en certaines contrées glaciales, comme dict Pline. Les Mexicanes content entre les beautez la petitesse du front, et, où[4] elles se font le poil[5] par tout le reste du corps, elles le nourrissent au front et peuplent par art ; et ont en si grande recommendation la grandeur des tetins, qu'elles affectent de[6] pouvoir donner la mammelle à leurs enfans par dessus l'espaule. Nous formerions ainsi la laideur. Les Italiens la façonnent grosse et massive, les Espagnols vuidée et estrillée[7] ; et, entre nous, l'un la fait blanche, l'autre brune ; l'un molle et delicate, l'autre forte et vigoureuse ; qui y demande de la mignardise[8] et de la douceur, qui de la fierté et magesté. Tout

1. Artificiellement.
2. Pesants.
3. Dans beaucoup d'autres endroits.
4. Tandis que.
5. Se rasent.
6. Aspirent à.
7. Maigre, qui a souffert.
8. Grâce.

ainsi que la preferance[1] en beauté, que Platon attribue à la figure spherique, les Epicuriens la donnent à la pyramidale plus tost ou carrée, et ne peuvent avaler un dieu en forme de boule.

Les Essais, livre II, chapitre XII

> Dans l'une de ses œuvres récentes, la plasticienne Orlan présente des « self-hybridations » : utilisant la technique du *morphing,* elle mêle son visage, conforme aux normes de la beauté européenne, aux traits de beautés lointaines, de statuettes précolombiennes : nez postiches, crânes étirés par des attelles de bois, strabismes fabriqués, dents sciées et incrustées de pierres précieuses... Elle donne à voir des beautés monstrueuses, des beautés hybrides, façonnées par la violence capricieuse de ces normes qui, sculptant nos corps, les transforment en *chair à canons.*

1. Précellence.

DENIS DIDEROT

Le pied de Vénus

En 1759, à la demande de Grimm, Diderot entreprend de rendre compte des Salons. Il invente ainsi la critique d'art en même temps qu'il promeut de nouvelles valeurs esthétiques : au beau abstrait des idéalistes, il oppose le sublime, et une beauté expressive, ouverte, y compris par la laideur et la difformité, à la concrétude et à la circulation de la vie.

La nature ne fait rien d'incorrect. Toute forme, belle ou laide, a sa cause; et, de tous les êtres qui existent, il n'y en a pas un qui ne soit comme il doit être.

Voyez cette femme qui a perdu les yeux dans sa jeunesse. L'accroissement successif de l'orbe n'a plus distendu ses paupières; elles sont rentrées dans la cavité que l'absence de l'organe a creusée; elles se sont rapetissées. Celles d'en haut ont entraîné les sourcils; celles d'en bas ont fait remonter légèrement les joues, la lèvre supérieure s'est ressentie de ce mouvement, et s'est relevée; l'altération a affecté toutes les parties du visage, selon qu'elles étaient plus éloignées ou plus voisines du lieu principal de l'accident. Mais croyez-vous que la difformité se soit renfermée dans l'ovale? croyez-vous que le cou en ait été tout à fait garanti? et les épaules ou la gorge? Oui bien, pour vos yeux et les miens. Mais appelez la nature; présentez-lui ce cou, ces épaules, cette gorge, et la nature dira : « Cela c'est le cou, ce sont les épaules, c'est la gorge d'une femme qui a perdu les yeux dans sa jeunesse. »

Tournez vos regards sur cet homme, dont le dos et la poitrine ont pris une forme convexe. Tandis que les cartilages antérieurs du cou s'allongeaient, les vertèbres postérieures s'en affaissaient ; la tête s'est renversée, les mains se sont redressées à l'articulation du poignet, les coudes se sont portés en arrière, tous les membres ont cherché le centre de gravité commun, qui convenait le mieux à ce système hétéroclite ; le visage en a pris un air de contrainte et de peine. Couvrez cette figure ; n'en montrez que les pieds à la nature ; et la nature dira, sans hésiter : « Ces pieds sont aussi ceux d'un bossu. »

Si les causes et les effets nous étaient évidents, nous n'aurions rien de mieux à faire que de représenter les êtres tels qu'ils sont. Plus l'imitation serait parfaite et analogue aux causes, plus nous en serions satisfaits.

Malgré l'ignorance des effets et des causes, et les règles de convention qui en ont été les suites, j'ai peine à douter qu'un artiste qui oserait négliger ces règles, pour s'assujettir à une imitation rigoureuse de la nature, ne fut souvent justifié de ses pieds trop gros, de ses jambes courtes, de ses genoux gonflés, de ses têtes lourdes et pesantes, par ce tact fin que nous tenons de l'observation continue des phénomènes, et qui nous ferait sentir une liaison secrète, un enchaînement nécessaire entre ces difformités.

Un nez tors, en nature, n'offense point, parce que tout tient ; on est conduit à cette difformité par de petites altérations adjacentes qui l'amènent et la sauvent. Tordez le nez à l'Antinoüs, en laissant le reste tel qu'il est, ce nez sera nul. Pourquoi ? c'est que l'Antinoüs n'aura pas le nez tors, mais cassé.

Nous disons d'un homme qui passe dans la rue, qu'il est mal fait. Oui, selon nos pauvres règles; mais selon la nature, c'est autre chose. Nous disons d'une statue, qu'elle est dans les proportions les plus belles. Oui, d'après nos pauvres règles; mais selon la nature?

Qu'il me soit permis de transporter le voile de mon bossu sur la Vénus de Médicis, et de ne laisser apercevoir que l'extrémité de son pied. Si, sur l'extrémité de ce pied, la nature, évoquée derechef, se chargeait d'achever la figure, vous seriez peut-être surpris de ne voir naître sous ses crayons que quelque monstre hideux et contrefait. Mais si une chose me surprenait, moi, c'est qu'il en arrivât autrement.

Essais sur la peinture, chapitre 1er
dans *Œuvres esthétiques*

« Pour décrire un Salon, note Diderot, il faudrait avoir toutes les sortes de goût » : y compris ceux qui vont contre le « bon goût », qui, comme le fait Chardin avec sa *Raie dépouillée*, n'ont pas peur d'accueillir la laideur d'un sujet, de faire place, dans l'art, à la difformité, à « quelque chose d'énorme, de barbare, de sauvage ». Mais c'est aussi que « la nature ne fait rien d'incorrect », et que la laideur même est partie intégrante de son ordre. Pour qui sait percevoir les « liaisons secrètes » qui organisent toute forme naturelle et le principe d'organicité qui préside à leur production, la laideur est l'élément d'un tout qui l'harmonise et l'équilibre, de sorte que ce qui paraît laid à un regard superficiel est beau du point de vue de la nature. C'est à ce point de vue que l'artiste de génie doit s'élever pour coïncider avec la réalité vivante, avec le dynamisme d'une nature dans laquelle « tout est flux ».

LE DÉFI DE LA LAIDEUR

HEGEL

Les martyrs et l'art chrétien

En l'art chrétien, l'art des Bestiaires, des danses macabres, des martyrs et des cathédrales, Hegel voit à la fois la crucifixion du sensible et le meurtre de la beauté.

Les martyrs

La première manière dont l'esprit manifeste sa présence dans le sujet humain est celle où l'homme reproduit sur lui-même l'histoire de la Passion, se fait protagoniste de l'éternelle histoire de Dieu. Ceci signifie la disparition de la conciliation affirmative directe, l'homme ayant à conquérir celle-ci par la victoire sur sa finitude. Le sentiment de l'indignité humaine se trouve ainsi accru et intensifié, et la tâche unique et suprême qui incombe de ce fait à l'homme consiste à vaincre cette indignité, à se délivrer de ce sentiment humiliant.

Le moyen permettant d'atteindre ce but consiste à supporter stoïquement les traitements les plus cruels, à s'imposer tous les renoncements, tous les sacrifices, toutes les privations, à s'infliger, par conséquent, des souffrances, des martyres, des tortures, afin d'assurer en soi le triomphe de l'esprit, de réaliser son union avec Dieu, de se créer un ciel fait de paix et de félicité. Ce côté négatif de la douleur devient dans le martyre une fin en soi, et le degré de la transfiguration se mesure au degré des atrocités que l'homme a supportées et des souffrances qu'il a subies. La première chose qui, chez l'homme n'ayant pas encore épanoui toute son intériorité, doive être détachée de ce monde et sanctifiée, c'est son existence naturelle, sa vie, la satisfaction de ses besoins les plus urgents, les plus vitaux. Ce qui contribue le plus et en premier lieu à ce détachement de la vie avec ses besoins et ses satisfactions, à cette accoutumance à la douleur et à la souffrance qui finissent par être éprouvées comme une source de joies, ce sont les martyres corporels, infligés à l'homme soit par les ennemis et les persécuteurs de sa foi, animés de haine et de rancune, soit par lui-même et inventés par lui en toute abstraction du réel. Dans un cas comme dans l'autre, l'homme animé du fanatisme de la souffrance accepte ce qui lui arrive, non comme une injustice, mais comme une bénédiction, comme le seul moyen de vaincre la dure impiété de la chair, du cœur et de l'âme et de se concilier Dieu.

Mais étant donné que c'est seulement au prix d'humiliations, de sévices et de violences infligés à la chair que la conversion intérieure s'obtient dans les situations dont nous nous occupons ici, il est évident que la question de la beauté ne saurait se poser à leur propos et qu'elles constituent pour l'art un sujet très dangereux. D'une part, en effet, les individus doivent être représentés comme étant, dans une mesure bien plus grande que dans l'histoire de la Passion du Christ, des individus réels portant la marque de l'existence temporelle, plongés dans la finitude et la naturalité, et d'autre part, les tortures et les atrocités inouïes, les mutilations et les dislocations des membres, les martyres corporels, les échafauds, les décapitations, le supplice du petit feu, de l'huile bouillante, de la roue, la mort sur le bûcher, etc., constituent par eux-mêmes des procédés laids, répugnants, repoussants, tellement étrangers à la beauté qu'ils ne peuvent servir de sujets à aucun art sain. L'artiste peut bien réaliser une exécution parfaite d'un sujet de ce genre, mais ce ne sera qu'une perfection se rapportant au côté subjectif qui, tout artistique qu'il puisse être, s'efforcera vainement d'obtenir un accord parfait du sujet avec lui-même.

Esthétique, vol. II
traduit de l'allemand par S. Jankélévitch

Si l'art grec est pour Hegel le moment de l'équilibre entre la forme et le contenu, le beau idéal et sa manifestation sensible, l'individu et le monde, l'art chrétien à l'inverse est celui d'une tension, d'une dysharmonie, entre l'exigence spirituelle et la vie immédiate, la perfection de l'au-delà désiré et la persécution de l'individu incarné. Le fanatisme de la souffrance, l'ascétisme morbide donnent naissance à un art décadent, un art de la laideur qui, comme celui du sublime, ne suscite chez Hegel que répugnance. Ne trouvent grâce à ses yeux que les représentations de la Vierge à l'Enfant, ou celles de Marie-Madeleine qui, comme l'art païen, donnent à voir la réconciliation de l'Esprit avec la chair ; ou encore, celles de la Transfiguration, de la Résurrection et de l'Ascension, où le Christ apparaît libéré de la négativité de la Croix.
C'est pourtant un épigone de Hegel, Karl Rosenkranz, qui, en 1853, publie une *Esthétique du laid*. La dialectique y cède place à une phénoménologie, encore incapable cependant, par-delà le répertoire de ses manifestations, de penser le laid autrement que comme non-être.

THÉOPHILE GAUTIER

Ribeira, ou le triste amour du laid

Il y a quelque chose de paradoxal dans cet hommage de Gautier, apôtre de l'art pour l'art et du culte de la beauté, à Ribeira, son « triste amour du laid » et sa quête du vrai. En la peinture de Ribeira, et en la peinture espagnole en général, Théophile Gautier voit une tentation à laquelle, selon lui, seul Goya a su résister : redoubler la violence du réel au lieu de la tenir à distance. De Ribeira, il écrit encore qu'« il faut réellement l'affreuse beauté et l'énergie diabolique qui caractérisent ce grand maître pour supporter cette féroce peinture d'écorcherie et d'abattoir, qui semble avoir été faite pour des cannibales par un valet de bourreau »...

Il est des cœurs épris du triste amour du laid.
Tu fus un de ceux-là, peintre à la rude brosse
Que Naple a salué du nom d'Espagnolet.

Rien ne put amollir ton âpreté féroce,
Et le splendide azur du ciel italien
N'a laissé nul reflet dans ta peinture atroce.

Chez toi, l'on voit toujours le noir Valencien,
Paysan hasardeux, mendiant équivoque,
More que le baptême à peine a fait chrétien.

Comme un autre le beau, tu cherches ce qui choque :
Les martyrs, les bourreaux, les gitanos, les gueux,
Étalant un ulcère à côté d'une loque;

Les vieux au chef branlant, au cuir jaune et rugueux,
Versant sur quelque Bible un flot de barbe grise,
Voilà ce qui convient à ton pinceau fougueux.

Tu ne dédaignes rien de ce que l'on méprise;
Nul haillon, Ribeira, par toi n'est rebuté :
Le vrai, toujours le vrai, c'est ta seule devise!

Et tu sais revêtir d'une étrange beauté
Ces trois monstres abjects, effroi de l'art antique,
La Douleur, la Misère et la Caducité.

Pour toi, pas d'Apollon, pas de Vénus pudique;
Tu n'admets pas un seul de ces beaux rêves blancs
Taillés dans le paros ou dans le pentélique.

Il te faut des sujets sombres et violents
Où l'ange des douleurs vide ses noirs calices,
Où la hache s'émousse aux billots ruisselants.

Tu sembles enivré par le vin des supplices,
Comme un César romain dans sa pourpre insulté,
Ou comme un victimaire après vingt sacrifices.

Avec quelle furie et quelle volupté
Tu retournes la peau du martyr qu'on écorche,
Pour nous en faire voir l'envers ensanglanté!

Aux pieds des patients comme tu mets la torche !
Dans le flanc de Caton comme tu fais crier
La plaie, affreuse bouche ouverte comme un porche !

D'où te vient, Ribeira, cet instinct meurtrier ?
Quelle dent t'a mordu, qui te donne la rage,
Pour tordre ainsi l'espèce humaine et la broyer !

Que t'a donc fait le monde, et, dans tout ce carnage,
Quel ennemi secret de tes coups poursuis-tu ?
Pour tant de sang versé quel était donc l'outrage ?

Ce martyr, c'est le corps d'un rival abattu ;
Et ce n'est pas toujours au cœur de Prométhée
Que fouille l'aigle fauve avec son bec pointu.

De quelle ambition du ciel précipitée,
De quel espoir traîné par des coursiers sans frein
Ton âme de démon était-elle agitée ?

Qu'avais-tu donc perdu pour être si chagrin ?
De quels amours tournés se composaient tes haines,
Et qui jalousais-tu, toi, peintre souverain ?

Les plus grands cœurs, hélas ! ont les plus grandes
peines ;
Dans la coupe profonde il tient plus de douleurs ;
Le ciel se venge ainsi sur les gloires humaines.

Un jour, las de l'horrible et des noires couleurs,
Tu voulus peindre aussi des corps blancs comme neige,
Des anges souriants, des oiseaux et des fleurs,

Des nymphes dans les bois que le satyre assiège,
Des amours endormis sur un sein frémissant,
Et tous ces frais motifs chers au moelleux Corrège ;

Mais tu ne sus trouver que du rouge de sang,
Et quand du haut des cieux, apportant l'auréole,
Sur le front de tes saints l'ange de Dieu descend,

En détournant les yeux, il la pose et s'envole !

« Ribeira », dans *España*, 1845

Dans ces vers de Gautier, on peut voir aussi un double portrait de l'artiste en Persée, affrontant, avec armes, passion, et une « âpreté féroce », l'épouvante de Méduse, en même temps qu'en ange déchu, voué par sa douleur à chercher la beauté au fond du calice de la laideur. Lisant les dernières strophes, on songe à la « Perte d'auréole » de Baudelaire, en même temps qu'à l'aveu de Bacon : j'ai toujours voulu peindre le sourire, je n'ai peint que le cri.

VICTOR HUGO

Le grotesque et le sublime

Pour Goethe comme pour Hegel, l'intégration du moment chrétien de la laideur constitue le défi propre au romantisme. C'est à une telle intégration que procède Hugo, faisant du laid non seulement l'adjuvant du sublime, mais une catégorie cosmique, seule à même de rendre compte de la diversité du réel, de la profusion de la création.

Voilà donc une nouvelle religion, une société nouvelle ; sur cette double base, il faut que nous voyions grandir une nouvelle poésie. Jusqu'alors, et qu'on nous pardonne d'exposer un résultat que de lui-même le lecteur a déjà dû tirer de ce qui a été dit plus haut, jusqu'alors, agissant en cela comme le polythéisme et la philosophie antique, la muse purement épique des anciens n'avait étudié la nature que sous une seule face, rejetant sans pitié de l'art presque tout ce qui, dans le monde soumis à son imitation, ne se rapportait pas à un certain type du beau. Type d'abord magnifique, mais, comme il arrive toujours de ce qui est systématique, devenu dans les derniers temps faux, mesquin et conventionnel. Le christianisme amène la poésie à la vérité. Comme lui, la muse moderne verra les choses d'un coup d'œil plus haut et plus large. Elle sentira que tout dans la création n'est pas humainement *beau*, que le laid y existe à côté du beau, le difforme près du gracieux, le grotesque au revers du sublime, le mal avec le bien, l'ombre avec la lumière. Elle se demandera si la raison étroite et relative de l'artiste doit avoir gain de cause sur la raison infinie, absolue, du créateur ; si c'est à l'homme à rectifier Dieu ; si une nature mutilée en sera plus belle ; si l'art a le droit de dédoubler, pour ainsi dire, l'homme, la vie, la création ; si chaque chose marchera mieux quand on lui aura ôté son muscle et son ressort ; si, enfin, c'est le moyen d'être harmonieux que d'être incomplet. C'est alors que, l'œil fixé sur des événements tout à la fois risibles et formidables, et sous l'influence de cet esprit de mélancolie chrétienne et de critique philosophique que nous observions tout à l'heure, la poésie fera un grand pas, un pas décisif, un pas qui, pareil à la secousse d'un tremblement de terre, changera toute la face du monde intellectuel. Elle se mettra à faire comme la nature, à mêler dans ses créations, sans pourtant les confondre, l'ombre à la lumière, le grotesque au sublime, en d'autres termes, le corps à l'âme, la bête à l'esprit ; car le point de départ de la religion est toujours le point de départ de la poésie. Tout se tient.

[...]

Si, au milieu de ces développements nécessaires, et qui pourraient être beaucoup plus approfondis, le fil de nos idées ne s'est pas rompu dans l'esprit du lecteur, il a compris sans doute avec quelle puissance le grotesque, ce germe de la comédie, recueilli par la muse moderne, a dû croître et grandir dès qu'il a été transporté dans un terrain plus propice que le paganisme et l'épopée. En effet, dans la poésie nouvelle, tandis que le sublime représentera l'âme telle qu'elle est, épurée par la morale chrétienne, lui jouera le rôle de la bête humaine. Le premier type, dégagé de tout alliage impur, aura en apanage tous les charmes, toutes les grâces, toutes les beautés; il faut qu'il puisse créer un jour Juliette, Desdémona, Ophélia. Le second prendra tous les ridicules, toutes les infirmités, toutes les laideurs. Dans ce partage de l'humanité et de la création, c'est à lui que reviendront les passions, les vices, les crimes; c'est lui qui sera luxurieux, rampant, gourmand, avare, perfide, brouillon, hypocrite; c'est lui qui sera tour à tour Iago, Tartufe, Basile; Polonius, Harpagon, Bartholo; Falstaff, Scapin, Figaro. Le beau n'a qu'un type; le laid en a mille. C'est que le beau, à parler humainement, n'est que la forme considérée dans son rapport le plus simple, dans sa symétrie la plus absolue, dans son harmonie la plus intime avec notre organisation. Aussi nous offre-t-il toujours un ensemble complet, mais restreint comme nous. Ce que nous appelons le laid, au contraire, est un détail d'un grand ensemble qui nous échappe, et qui s'harmonise, non pas avec l'homme, mais avec la création tout entière. Voilà pourquoi il nous présente sans cesse des aspects nouveaux, mais incomplets.

Préface de Cromwell

Dans son *Essai sur la littérature anglaise*, Chateaubriand s'élève contre le drame romantique, et contre « cet amour du laid qui a saisi notre époque, [...] cette passion pour les bancroches, les culs-de-jatte, les borgnes, les moricauds, les édentés », « cette tendresse pour les verrues, les rides, les escarres, les formes triviales, sales, communes ». Mais le laid, avec Hugo, n'est plus, comme l'écrit Michel Ribon, *l'autre* de la beauté (sinon de la beauté académique), mais l'occasion et le moyen d'une autre beauté. Comme Diderot avant lui, Hugo veut en finir avec « le vieux faux goût », convenable, insipide, commun, et qui, finalement, est la source véritable de la laideur dans l'art. Il lui oppose ce « grand goût » qui est « la raison du génie » et qui, par l'alchimie de l'art, porte à l'incandescence « les poisons, les ordures, les rouilles, les oxydes », transmuant le laid en grand et le mal en beau.

AUGUSTE RODIN

La transfiguration

En même temps qu'il distingue la laideur artistique de la laideur naturelle, Rodin oppose l'artifice à la vérité, la joliesse à l'expressivité. Rien n'est beau dans l'art, écrit-il, que ce qui a du « caractère » : « Le "caractère", c'est la vérité intense d'un spectacle naturel quelconque, beau ou laid. Et ce qui est laid dans la Nature présente souvent plus de "caractère" que ce qui est qualifié de beau, parce que dans la crispation d'une physionomie maladive, dans le ravinement d'un masque vicieux, dans toute déformation, dans toute flétrissure, la vérité intérieure éclate plus aisément que sur des traits réguliers et sains. »

Ce qu'on nomme communément *laideur* dans la Nature peut dans l'art devenir d'une grande beauté.

Dans l'ordre des choses réelles, on appelle *laid* ce qui est difforme, ce qui est malsain, ce qui suggère l'idée de la maladie, de la débilité et de la souffrance, ce qui est contraire à la régularité, signe et condition de la santé et de la force ; un bossu est *laid*, un bancal est *laid*, la misère en haillons est *laide*.

Laides encore l'âme et la conduite de l'homme immoral, de l'homme vicieux et criminel, de l'homme anormal qui nuit à la société ; *laide*, l'âme du parricide, du traître, de l'ambitieux sans scrupules.

Et il est légitime que des êtres et des objets dont on ne

peut attendre que du mal soient désignés par une épithète odieuse.

Mais qu'un grand artiste ou un grand écrivain s'empare de l'une ou de l'autre de ces *laideurs*, instantanément il la transfigure... d'un coup de baguette magique il en fait de la beauté : c'est de l'alchimie, de la féerie !

[...]

Est laid dans l'Art ce qui est faux, ce qui est artificiel, ce qui cherche à être joli ou beau au lieu d'être expressif, ce qui est mièvre et précieux, ce qui sourit sans motif, ce qui se manière sans raison, ce qui se cambre et se carre sans cause, tout ce qui est sans âme et sans vérité, tout ce qui n'est que parade de beauté ou de grâce, tout ce qui ment.

Quand un artiste, dans l'intention d'embellir la Nature, ajoute du vert au printemps, du rose à l'aurore, du pourpre à de jeunes lèvres, il crée de la laideur parce qu'il ment.

Quand il atténue la grimace de la douleur, l'avachissement de la vieillesse, la hideur de la perversité, quand il arrange la Nature, quand il la gaze, la déguise, la tempère pour plaire au public ignorant, il crée de la laideur, parce qu'il a peur de la vérité.

Pour l'artiste digne de ce nom, tout est beau dans la Nature, parce que ses yeux, acceptant intrépidement toute vérité extérieure, y lisent sans peine, comme à livre ouvert, toute vérité intérieure.

L'Art,
Entretiens réunis par Paul Gsell

RAINER MARIA RILKE

Les saints de Cézanne

En 1902, Rilke s'installe à Paris pour travailler à une monographie sur Rodin. En Rodin comme en Van Gogh, il voit des modèles, des guides : demeurant « à l'intérieur de [leur] travail », ils ont su, en vertu de cette intériorité et de cette clôture mêmes, se frayer un chemin vers le réel, accueillir les choses telles qu'elles sont, « sans trace de compassion ou de reproche ». En 1907 s'ouvre au Salon d'Automne la première rétrospective consacrée à Cézanne. Le Salon devient alors pour Rilke une seconde demeure. En Cézanne il retrouve, portée à l'absolu, tenue dans la fièvre et le dépouillement, cette « objectivité sans limites ».

Les hommes ne savent que jouer avec tout; mésuser en aveugles du jamais-vu, du jamais-vécu; se distraire à l'immense assemblage du monde, en le désajustant. Il n'était pas possible qu'une époque qui satisfait à ce genre de besoins esthétiques admirât Cézanne et comprît rien à son sacrifice, à sa splendeur secrète. Les marchands font du tapage, c'est tout; on compterait sur les doigts de la main ceux qui ont un besoin réel de ces choses; encore sont-ils isolés, et silencieux.

Tu n'aurais qu'à voir les gens, un dimanche par exemple, traverser les deux salles : amusés, ironiques, irrités, indignés. Quand ils cherchent à conclure, ces *Monsieurs,* on les entend dire, au milieu de cet univers, pris d'un désespoir pathétique : *« il n'y a absolument rien, rien, rien »*. Et comme les dames, au passage, se trouvent belles ; elles pensent qu'elles viennent de se mirer dans les portes vitrées, en entrant, avec une satisfaction totale, et, conscientes de leur reflet, elles se tiennent un moment, sans même les regarder, à côté des émouvants essais de portraits de Mme Cézanne, faisant ainsi servir la laideur de cet art à une comparaison dont elles croient qu'elle leur est extrêmement favorable.

[...]

Ce n'est pas (je dois finir par le comprendre) celui qui considère des tableaux d'un point de vue aussi privé qui a le droit d'en écrire ; nul ne leur rendra mieux justice que celui qui saurait simplement en attester la présence, sans voir en eux autre chose ou davantage que des faits. Mais, dans le cadre de ma vie, cette rencontre inattendue, telle qu'elle s'y est produite et située, est riche de confirmations et de correspondances. De nouveau un pauvre. Et quel progrès dans la pauvreté depuis Verlaine (si Verlaine ne constituait pas une régression), qui écrivait dans « Mon testament » : « Je ne donne rien aux pauvres parce que je suis un pauvre moi-même », et dont presque toute l'œuvre comporte ce refus de donner, cette amère ostentation des mains vides pour laquelle Cézanne, dans les trente dernières années de sa vie, n'a pas eu de temps. Quand aurait-il pu montrer ses mains. Sans doute se heurtaient-elles, chaque fois qu'il sortait, à des regards hostiles qui dénonçaient leur misère ; mais l'œuvre nous dit seulement la massivité, l'authenticité du travail qui fut le leur jusqu'à la fin. Ce travail qui avait dépassé préférences, penchants et bouderies, dont la balance d'une conscience ultra-sensible pesait les moindres particules et qui concentrait dans sa substance colorée une densité d'être si pure qu'elle aboutissait, au-delà de la couleur, à une existence absolument nouvelle, quitte de tout souvenir antérieur. C'est cette objectivité sans limites, excluant toute fusion avec une unité étrangère à celle du tableau, qui rend les portraits de Cézanne si cocasses ou si choquants aux yeux des gens. Faute de se rendre compte que ses pommes, ses oignons, ses oranges sont rendus par la seule couleur (en laquelle ils voudraient continuer à ne voir qu'un moyen technique subordonné), ils les acceptent encore ; mais, dans les paysages déjà, ils condamnent le manque d'interprétation, de jugement, de distance ; quant au portrait... même les plus bourgeois d'entre eux ayant entendu parler de la « conception intellectuelle » (au point qu'on en trouve des traces jusque dans les photographies endimanchées de fiancés et de familles), Cézanne, dans ce domaine, ne peut que leur paraître insuffisant, tout à fait indigne de commentaires. Il est d'ailleurs aussi seul dans ce Salon qu'il l'a été dans sa vie, et même les peintres, les jeunes peintres, passent déjà plus vite devant lui, parce qu'ils voient les marchands de son côté... Bon dimanche à toutes deux...

Lettres sur Cézanne,
traduites de l'allemand par Philippe Jaccottet

Ce que les visiteurs du Salon, bourgeois, jeunes peintres, belles dames qui dans les vitres cherchent leur reflet, ne comprennent pas, c'est que Cézanne se tient devant les choses « comme un chien », sans réfléchir, sans penser, sans leur imposer son emprise : mais qu'à les considérer ainsi, dans le dénuement, la pauvreté, il en fait, comme Van Gogh, « ses "saints" : il les force, les *force* à être belles, à signifier l'univers, tout le bonheur et toute la magnificence du monde ». À Clara, Rilke écrit encore que Cézanne ne lisait plus, que le portrait infidèle que Zola avait donné de lui dans *L'Œuvre* lui en avait ôté le désir. Un jour pourtant, un visiteur évoqua devant lui Frenhofer, le peintre du *Chef-d'œuvre inconnu* de Balzac. Le vieillard se leva et, sans un mot, bouleversé, se désigna lui-même du doigt. Et Cézanne qui ne lisait plus, connaissait par cœur « Une charogne » de Baudelaire : sans ce poème, écrit Rilke, il n'aurait jamais trouvé la voie du « langage objectif » : « Il fallait que le regard de l'art eût pris sur lui de voir dans le terrible même, et ce qui ne paraît que répugnant, la part d'être, valable autant qu'aucune autre. Pas plus qu'un choix ne lui est permis, il n'est loisible au créateur de se détourner d'aucune existence ; un seul refus, à quelque moment que ce soit, le prive de l'état de grâce, le rend absolument coupable. »

WASSILY KANDINSKY

La nécessité intérieure

Le refus des « formes habituelles du beau », qu'il s'agisse, en peinture, de la figuration et de la perspective, en littérature, du récit, en musique, de la tonalité, va de pair chez Kandinsky avec la promotion d'un nouveau critère, qui préside à un nouveau partage entre le beau et le laid. Ce critère est celui de la « nécessité intérieure », entendue à la fois comme la nécessité de l'artiste, comme celle de l'œuvre elle-même, comme celle, enfin, des effets produits par celle-ci.

Nous nous trouvons confrontés à la nécessité de créer la danse nouvelle, la danse de l'avenir. La même loi de l'exploitation nécessaire du sens *intérieur* du mouvement, en tant qu'élément principal de la danse, interviendra et nous mènera au but. Ici également le « beau » conventionnel du mouvement devra être et sera jeté par-dessus bord, cependant que le processus « naturel » [élément littéraire] sera déclaré inutile et finalement gênant. De la même manière qu'en musique ou en peinture, il n'existe pas de « résonance laide » ni de « dissonance » extérieure, c'est-à-dire que de même que dans ces deux arts toute résonance ou consonance est belle [utile] lorsqu'elle procède de la nécessité intérieure, de même, bientôt, dans la danse la valeur intérieure de *chaque* mouvement sera ressentie et le beau intérieur remplacera le beau extérieur. Les mouvements « non beaux », qui deviennent maintenant subitement beaux, rayonnent immédiatement une puissance insoupçonnée et une force vivante. À partir de cet instant commencera la danse de l'avenir.

[...]

C'est d'une manière mystérieuse, énigmatique, mystique, que l'œuvre d'art véritable naît « de l'artiste ». Détachée de lui, elle prend une vie autonome, devient une personnalité, un sujet indépendant, animé d'un souffle spirituel, qui mène également une vie matérielle réelle – *un être*. Ce n'est donc pas une apparition indifférente et née par hasard qui séjournerait, également indifférente, dans la vie spirituelle ; au contraire, comme tout être elle possède des forces actives et créatrices. Elle vit, agit et participe à la formation de l'atmosphère spirituelle dont il a été question plus haut. C'est à ce point de vue intérieur qu'il faut se placer, et exclusivement à ce point de vue, pour répondre à la question de savoir si l'œuvre est bonne ou mauvaise. Si elle est « mauvaise » dans la forme ou trop faible, c'est que cette forme est mauvaise ou trop faible pour provoquer dans l'âme des vibrations d'une résonance pure.

[...]

Si l'artiste est le Prêtre du « Beau », ce Beau doit également être recherché en fonction du même principe de *la grandeur intérieure,* que nous avons trouvée partout jusqu'ici. Ce « Beau » ne peut se mesurer qu'à l'échelle de la grandeur et de *la nécessité intérieure,* qui nous a déjà rendu si souvent service.

Est beau ce qui procède d'une nécessité intérieure de l'âme. Est beau ce qui est beau intérieurement.

Du spirituel dans l'art et dans la peinture en particulier,
édition établie par Philippe Sers,
traduit du russe et de l'allemand par Nicole Debrand
et Bernadette du Crest

Se fait jour ici une esthétique nouvelle qui, pour les avant-gardes, aura valeur de manifeste, mais connaîtra aussi un devenir paradoxal. Car dans la triple nécessité appelée par Kandinsky, le moment essentiel est celui de l'œuvre, comme être autonome et entité spirituelle. Mais le critère de l'intériorité aura pour effet de promouvoir aussi des pratiques artistiques qui en l'œuvre ne voient plus que la médiation, quasi superflue, entre l'expression du moi et son effet sur le public.

ARNOLD SCHOENBERG

Éloge de la dissonance

En Schoenberg, Kandinsky voyait un musicien capable d'introduire « à un royaume où les émotions ne sont pas acoustiques mais spirituelles ». C'est encore de nécessité qu'il est question ici, mais de celle, arbitraire, des lois et des règles imposées par les théoriciens et par les systèmes : une nécessité extérieure, *donc, étrangère à la pratique artistique comme à son objet et à la vie qui leur est propre.*

La force dont le théoricien a besoin afin de consolider sa position précaire et peu soutenable, il la doit à son pacte avec l'esthétique. Celle-ci ne se préoccupant que des choses de l'éternité, c'est toujours avec beaucoup de retard qu'elle affronte l'urgence de la vie. C'est ce que l'on nomme conservatisme, mais qui me semble à moi aussi ridicule que le serait l'esprit conservateur d'un train lancé à toute allure. Pourtant, les avantages garantis par l'esthétique au théoricien sont trop importants pour que celui-ci ait à s'en soucier vraiment. Conçoit-on rien de moins grandiose de la part du professeur que de dire à l'élève « l'un des plus gratifiants moyens de produire la sensation d'une forme musicale est la tonalité » ? Si seulement il parlait du principe de la tonalité plutôt que d'édicter préceptes et interdits en vertu desquels « Tu dois... » et dont l'observance serait nécessaire à la mise en forme de toute musique. Je flaire dans ce mot « nécessaire » quelque relent d'éternité ! Avise-toi, jeune artiste, de penser autrement et tu les auras tous contre toi, ceux qui savent depuis longtemps déjà tout ce que je démontre ici à nouveau. Tu seras à leurs yeux le « nouveau blanc-bec », l'« imposteur », ils t'accuseront de « duperie et de bluff » et, lorsqu'ils t'auront ainsi sali de leur vulgarité, ils se poseront alors en courageux représentants d'un ordre à défendre pour lequel il faut prendre des risques, c'est-à-dire, surtout, nuire aux coquins de ton espèce !

Au diable toutes ces théories qui ne servent qu'à verrouiller le développement de l'art quand bien même ce qu'elles ont de positif consisterait à aider, en leur inculquant à la hâte un certain savoir-faire, ceux qui, de toute façon, seront de mauvais compositeurs.

Car en fait ces théories ne répondent même pas à ce que l'on serait en droit d'exiger d'elles. La forme dont elles prétendent légitimer la conception esthétique se révèle d'un primitivisme extrême. La méthode se résume à quelques jolies phrases qui empruntent à ces théories leurs affirmations et jugements apodictiques. On y déclare par exemple que « cela sonne bien ou mal » – j'avoue que les termes beau ou laid me sembleraient ici plus adéquats et plus francs. Il ne s'agit pas là d'une simple présomption mais bien d'un jugement esthétique. Dès lors que ce dernier se révèle sans fondement, pourquoi lui accorder crédit ? En vertu de quoi le théoricien ferait-il autorité ? Il dit – sans fonder son propos sur la moindre preuve raisonnable – ce qu'il sait (c'est-à-dire ce qu'il n'a pas trouvé lui-même mais simplement appris) ou ce qui semble émaner d'une croyance et d'une expérience collectives. Mais la beauté n'est pas l'affaire de tous, tout au plus est-elle révélée par l'expérience de quelques-uns. De toute façon, si l'on devait admettre qu'un jugement de ce genre fût émis sans plus de fondement, il faudrait alors que ce soit tout le système harmonique qui l'impose lui-même et avec une nécessité telle qu'elle exclurait toute autre justification. Et c'est bien là que réside la fragilité des théoriciens : leurs théories veulent mettre en pratique une certaine conception de l'esthétique, influencer le sens de la beauté en conférant à certains enchaînements d'harmonies le pouvoir de produire des effets considérés dès lors comme beaux, à l'exclusion d'autres auxquels on s'estime le droit d'opposer un veto sous prétexte de laideur. Que l'on sache pourtant à quel point ces théories ne reposent pas sur une structure forte et conséquente leur permettant d'imposer un tel critère esthétique ! Il n'y règne au contraire qu'une incohérence absolue. Ces évaluations de beau et de laid représentent des incursions dans le domaine esthétique totalement non motivées, et dont ne saurait dépendre l'organisation de l'ensemble. Les quintes parallèles sonnent mal : pourquoi ? Telle note de passage sonne durement : pourquoi ? Les accords de neuvième n'ont pas droit de cité ou bien ils sonnent – eux aussi – durement : pourquoi ? Où trouverai-je dans le système harmonique la moindre justification à tout cela ? Le sentiment de la beauté ? Qu'est-ce au juste ? Quel rapport trouver entre le sentiment de la beauté et ce système ? Ce système, s'il vous plaît !

Traité d'harmonie,
traduit de l'allemand par Gérard Gubisch
Éditions Lattès, 1983

> On trouverait, de ce texte, une illustration dans le *Docteur Faustus* de Thomas Mann, et dans la description des rapports d'Adrian Leverkühn, musicien sérialiste de génie inspiré à la fois par les figures de Nietzsche et de Schoenberg, avec son maître, Kretzschmar : « En art, tout nouveau venu s'efforce vers une forme inédite et se voit toujours imposer les directives d'une maîtrise qui lui est déjà à moitié étrangère en raison de la différence des générations. »

KASIMIR MALÉVITCH

Par-delà la figure

Malévitch va plus loin encore que Kandinsky dans la substitution de la force à la forme, dans la ferveur révolutionnaire et le rêve d'un art fondé non sur le goût, la joliesse, et la composition, mais « sur la base du poids, de la vitesse, et de la direction du mouvement ». La laideur se définit pour lui comme « le combat de la force créatrice » contre « la tristesse de l'emprisonnement ». Elle n'est plus déformation ou défiguration, elle n'est pas non plus l'objet possible d'une transfiguration : elle se confond avec la figuration.

Gauguin qui a fui la culture pour aller chez les sauvages et qui a trouvé chez les primitifs plus de liberté que dans l'académisme se trouvait soumis à la raison intuitive.

Il cherchait quelque chose de simple, de courbe, de grossier.

C'était la recherche de la volonté créatrice.

Ne pas peindre à aucun prix comme voit l'œil du bon sens.

Il a trouvé les couleurs, mais il n'a pas trouvé la forme et ne l'a pas trouvée parce que le bon sens lui prouvait l'absurdité de peindre quoi que ce soit hormis la nature.

Et voilà que la grande force de la création il l'a suspendue sur le squelette osseux de l'homme, où elle a fini par se dessécher.

De nombreux artistes qui étaient des lutteurs et qui portaient en eux un grand don l'ont suspendue comme du linge sur les palissades.

Et tout cela se faisait par amour pour un petit coin de nature.

Et que les autorités ne nous empêchent pas de prévenir la génération contre toutes ces choses suspendues qu'ils ont appris à tant aimer et qui leur tiennent si chaud.

L'effort des autorités artistiques pour diriger l'art sur la voie du bon sens a abouti au zéro de la création.

Même chez les individus les plus puissants la forme réelle est laideur.

La laideur a été poussée chez les plus puissants jusqu'au moment de disparition, sans sortir du cadre du zéro.

Mais je me suis transfiguré dans le zéro des formes et suis allé au-delà du zéro vers la création, c'est-à-dire vers le Suprématisme, vers le nouveau réalisme pictural, vers la création non-figurative.

Le suprématisme est le début d'une nouvelle culture : le sauvage est vaincu comme le singe.

Il n'y a plus d'amour des petits coins, il n'y a plus d'amour au nom duquel on modifiait la Vérité de l'art.

Le carré n'est pas une forme subconsciente. C'est la création de la raison intuitive.

Le visage de l'art nouveau.

Le carré est un enfant royal plein de vie.

C'est le premier pas de la création pure en art. Avant elle il y avait des laideurs naïves et des copies de la nature.

Notre monde de l'art est devenu nouveau, non-figuratif, pur.

Tout a disparu, est restée la masse du matériau à partir de laquelle va se construire la nouvelle forme.

Dans l'art du Suprématisme les formes vont vivre ainsi que toutes les formes vivantes de la nature.

Ces formes disent que l'homme est parvenu à l'équilibre, partant d'un état à une raison pour aller à l'état à deux raisons.

(La raison utilitaire et la raison intuitive).

Le nouveau réalisme pictural, précisément pictural, car en lui il n'y a pas le réalisme des montagnes, du ciel, de l'eau…

Jusqu'ici il y avait un réalisme des objets, mais non des unités colorées picturales qui se construisent de telle sorte qu'elles ne dépendent ni par la forme ni par la culture, ni par leur position, l'une de l'autre.

Chaque forme est libre et individuelle.

Chaque forme est un monde.

Chaque surface picturale est plus vivante que tout visage où sont fourrés une paire d'yeux et un sourire.

Écrits 1 ; De Cézanne au suprématisme,
traduit par Jean-Claude et Valentine Marcadé

JEAN DUBUFFET

Le sauvage et les Grecs

J'en viens à mon sixième et dernier point et je veux parler de la notion de beauté adoptée par l'Occident.

Je veux d'abord vous dire en quoi ma conception s'éloigne de la façon de voir usuelle.

Il y a pour celle-ci des objets qui sont beaux et d'autres qui sont laids, des personnes belles et des personnes laides, des endroits beaux et des laids.

Rien de tel pour moi. La beauté n'est nulle part, pour moi. Je tiens cette notion de beauté pour complètement erronée. Je refuse absolument d'acquiescer à cette idée qu'il y a des personnes laides et des objets laids.

Elle m'apparaît consternante et elle me révolte.

Je crois que ce sont les Grecs qui furent les inventeurs de cette idée que des objets sont plus beaux que d'autres.

Le prétendu sauvage ne croit pas du tout à cela. Il ne comprend pas ce que vous voulez dire avec votre beauté. C'est même justement la raison qui lui vaut le nom de sauvage. Ce nom réservé à qui ne comprend pas qu'il y a des choses belles et des choses laides et n'a pas de souci de cet ordre.

Ce qui est étrange c'est que depuis siècles et siècles (et aujourd'hui plus que jamais) l'Occidental dispute desquelles sont les choses belles et les laides. Nul ne met en doute que la beauté existe mais on ne peut trouver deux personnes pour s'accorder sur les objets qui en sont ou non gratifiés. D'un siècle au suivant c'en sont d'autres. La culture d'Occident à chaque nouveau siècle proclame beau ce qui était proclamé laid au siècle précédent.

L'explication donnée à cette incertitude est que la beauté, tout en existant à coup sûr, est dérobée aux yeux de beaucoup de personnes. Le discernement de la beauté nécessiterait un sens spécial, dont beaucoup ne seraient pas dotés.

On croit aussi possible de développer ce sens, par le moyen d'exercices, et même de le faire naître chez des gens qui en sont privés. Il y a pour cela des écoles.

Le professeur, dans ces écoles, expose à ses élèves qu'il y a certainement une beauté des choses mais il doit ajouter aussitôt qu'on dispute sur lesquelles en sont dotées et qu'on n'a jusqu'à maintenant encore pas réussi à l'établir. Il invite ses élèves à examiner la question à leur tour et ainsi l'affaire, de génération en génération, demeure-t-elle pendante.

Cette idée est pourtant une des choses auxquelles notre culture attache le plus de prix. Il est d'usage de regarder cette foi dans l'existence de la beauté, et le culte rendu à cette beauté, comme la justification capitale de la civilisation d'Occident. Le principe même de civilisation est inséparable de cette notion de beauté.

Je trouve cette idée de beauté une maigre et peu ingénieuse invention. Je la trouve médiocrement exaltante. On s'afflige à la pensée des gens à qui la beauté serait refusée parce qu'ils ont le nez de travers ou qu'ils sont trop gros ou vieux. Cette idée que notre monde serait constitué pour la plus grande part d'objets laids et d'endroits laids, tandis que les objets et endroits doués de beauté seraient des plus rares et difficiles à rencontrer, je n'arrive pas à la trouver très excitante. Il me semble que l'Occident, à perdre cette idée, ne ferait pas une grande perte. S'il prenait conscience que n'importe quel objet du monde est apte à constituer pour quiconque une base de fascination et d'illumination, il ferait là une meilleure prise. Cette idée-là, je pense, enrichirait plus la vie que l'idée grecque de la beauté.

Prospectus et tous écrits suivants, I

BIBLIOGRAPHIE

ADORNO Th. W, *Théorie esthétique*, traduit de l'allemand par Marc Jimenez, Klincksieck, 1995.

AUBRY G., *Notre vie s'use en transfigurations*, récit, Actes Sud, 2007.

AVICE J.-P., « Histoire d'auréole, ou le sacrifice de la beauté », *L'Année Baudelaire* n° 1, Klincksieck, 1995.

BARTELIK M., BAQUE D., *Orlan Refiguration ; Self-hybridations*, Al Dante, 2001.

BEARDSLEY M.C., *Aesthetics from Classical Greece to the present*, New York, Macmillan, 1991 (1966).

BLANCHÉ R., *Des catégories esthétiques*, Vrin, 1979.

CLAIR J., *Méduse. Contribution à une anthropologie des arts du visuel*, Gallimard, 1989.

DACHY M., *Dada et les dadaïsmes. Rapport sur l'anéantissement de l'ancienne beauté*, Gallimard, 1994.

DELEUZE G., *Francis Bacon. Logique de la sensation*, Seuil, 2002.

DUCHAMP M., *Du champ. Du signe. Écrits*, Flammarion, 1975.

GAGNEBIN M., *Fascination de la laideur*, L'Âge d'Homme, 1978.

HADOT P., *La Citadelle intérieure. Introduction aux* Pensées *de Marc Aurèle*, Fayard, 1992.

— *Le Voile d'Isis. Essai sur l'histoire de l'idée de Nature*, Gallimard, 2004.

KELLY M. ed, *Encyclopedia of Aesthetics*, Oxford University Press, 1998.

KOFMAN S., *Socrate(s)*, Galilée, 1989.

KRESTOVSKY L., *La laideur dans l'art à travers les âges*, Seuil, 1947.

— *Le problème spirituel de la laideur*, PUF, 1948.

POLIN R., *Du laid, du mal, du faux*, PUF, 1948.

— « Rien n'est beau que le laid… ou presque », *Revue d'esthétique* n° 19, 1966, p. 258-265.

RIBON M., *Archipel de la laideur. Essai sur l'art et la laideur*, Kimé, 1995.

ROSENKRANZ K., *Esthétique du laid*, traduit de l'allemand par S. Muller, préface de G. Raulet, Circé, 2004.

SACHER-MASOCH L., *L'Esthétique de la laideur*, Buchet-Chastel, 1967.

VERNANT J.-P., *Figures, idoles, masques*, Julliard, 1990.

VIGARELLO G., *Histoire de la beauté. Le corps et l'art d'embellir de la Renaissance à nos jours*, Seuil, 2004.

« Le goût de... »

Le goût de l'Afghanistan
Le goût d'Alexandrie
Le goût d'Alger
Le goût d'Amsterdam
Le goût d'Antibes
Le goût d'Athènes
Le goût de Bali
Le goût de Barcelone
Le goût de Belgrade
Le goût de Beyrouth
Le goût de la Birmanie
Le goût de Bordeaux
Le goût de Bruxelles
Le goût de Budapest
Le goût de Cannes
Le goût de Capri et autres îles italiennes
Le goût de la Corse
Le goût de la Croatie
Le goût de Cuba
Le goût de Dublin
Le goût de l'Engadine
Le goût de Florence
Le goût de Genève
Le goût de la Haute-Provence
Le goût de l'Inde
Le goût des villes de l'Inde
Le goût d'Istanbul
Le goût de Jérusalem
Le goût de Lisbonne
Le goût de la Loire
Le goût de Londres
Le goût de Los Angeles
Le goût de Lyon

Le goût de Marrakech
Le goût de Marseille
Le goût de la Martinique
Le goût du mont Blanc
Le goût du Mont-Saint-Michel
Le goût de Moscou
Le goût de Nancy
Le goût de Naples
Le goût du Népal
Le goût d'Odessa
Le goût de Palerme
Le goût de Paris
(3 volumes ; 1. Le mythe ; 2. L'espace ; 3. Le temps)
Le goût de Pékin
Le goût du Périgord
Le goût de Prague
Le goût du Rhin
Le goût de Rio
Le goût de Rome
Le goût de Saint-Jacques-de-Compostelle
Le goût de Saint-Pétersbourg
Le goût de Salzbourg
Le goût du Sénégal
Le goût de Séville
Le goût de Shanghai
Le goût de Strasbourg
Le goût de Tanger
Le goût de Toulouse
Le goût de Trieste
Le goût de Tunis
Le goût de Turin
Le goût de Venise
Le goût de Vienne
Le goût du Vietnam

Le chant des villes
Le goût des chats
Le goût du chocolat
Le goût des déserts
Le goût du football
Le goût des jardins
Le goût de la mer
Le goût de la pêche
Le goût du rugby
Le goût du thé

Réalisation Pao : Dominique Guillaumin

Achevé d'imprimer
sur les presses de l'imprimerie Hérissey
en août 2007.
Imprimé en France.

Dépôt légal : août 2007
N° d'imprimeur : 105157

148271